Die Traumzeit-Chroniken

Band 1: Das Erwachen

Ein Roman von Bryan Blackwater

bryan.blackwater@gmx.net
Anschrift: Präbachweg 125, A-8301 Laßnitzhöhe
Lektorat: Rana Wieland
Korrektorat: Rana Wieland
www.die-traumzeit.com

Zweite überarbeitete Ausgabe 2019

Herstellung und Verlag:
BoD – Books on Demand, Norderstedt
ISBN: 978-3-7494-3255-4

Vorwort

Die Traumzeit-Chroniken erzählen die Vorgeschichte zum Hauptroman „Die Traumzeit – Die Wiege der Menschheit", der bereits im Buchhandel erschienen ist. Es ist sinnvoll den Hauptroman vor den Chroniken zu lesen, aber nicht zwingend notwendig.

Die Chroniken erzählen die Entstehung des Terekan-Reiches, dessen Ausbreitung, Aufstieg und Fall bis zu seiner fast vollständigen Vernichtung, womit der letzte Band der Chronik-Reihe an den Hauptroman anschließt, welcher dort beginnt, wo die Chronik enden wird.

Auch die mächtigen Terekan haben einmal klein angefangen, und hatten dabei die gleichen Probleme und die gleichen Gefahren zu meistern, wie jede Spezies, die Raumfahrt entwickelt.

Begleite das Volk der Terekan und die Protagonisten Nir-Ân und Saî-Na bei ihren Abenteuern, die in den Chroniken ausführlich beschrieben werden.

Bisher in der Traumzeit-Reihe erschienen:

Die Traumzeit, Band 1
Die Wiege der Menschheit

Im Buchhandel und online erhältlich.
ISBN: 1730753973

Jungfernfl[illegible]s Nichts

U-Tu System, Heimat des Volkes der Terekan.
Irgendwo zwischen Mars und Jupiter.
290.000 Jahre vor unserer Zeit.

Das kleine, scheibenförmige Schiff glitt durch die sternenlose Dunkelheit und nur das Summen des neuen Antriebs war im Innern zu hören.
Nir-Ân saß in seinem Kommandosessel und betrachtete die Anzeigen auf der Konsole. Alle Werte waren im grünen Bereich. Der experimentelle Anshar-Antrieb arbeitete bislang wie erwartet.
Er stand auf und ging zum großen Panoramafenster. Draußen war nichts zu sehen außer Finsternis: das ewige Dunkel des Subraums. Er strich sich über seinen riesigen schwarzen Schädel und starrte in die Leere, die sich vor ihm auftat.
»Wie lange noch bis zum Umkehrpunkt?«, fragte er, ohne sich umzudrehen.
»Noch knapp ein halbes B´ar bis Bel-Gal«, erwiderte Saî-Na. Sie war die Navigatorin des kleinen Aufklärungsschiffes.
»Irgendwelche Probleme bisher festzustellen, Pa-Shû?«, fragte er weiter und drehte sich zu seinem Sicherheitsoffizier um.

»Nichts, Digîr«, erwiderte Pa-Shû schulterzuckend. »Absolut nichts. Der Antrieb arbeitet wie erwartet und die Struktur des Schiffes ist stabil. Bislang läuft alles wie geplant.«

Nir-Ân starrte wieder in die Finsternis des „Nichts“, wie sie den Subraum nannten. Dies war der erste Testflug nach der Fertigstellung des neuen interplanetaren Antriebs. Die Sin-Ta, ein kleines Aufklärungsschiff, war testweise mit diesem Antrieb ausgestattet worden und hatte die Ehre des Jungfernfluges.

Zwar war sie mit knapp dreißig Meter Durchmesser eher ein kleines Schiff, aber sie war sehr schnell und wendig und perfekt für den Test geeignet.

Nir-Ân war, aufgrund seines hohen Ansehens beim Orden, als Kommandant für die Mission ausgewählt worden.

»Stimmt etwas nicht, Digîr?«, fragte die Navigatorin.

»Ich bin nicht sicher«, erwiderte Nir-Ân und starrte weiter ins Dunkel. »Ich spüre dort draußen etwas. Nichts Greifbares, eher eine Vorahnung.«

»Welcher Art?«, fragte Pa-Shû skeptisch.

»Wenn ich das wüsste«, entgegnete der Kommandant gedankenverloren. »Aber da draußen ist irgendetwas.«

Saî-Na überprüfte noch einmal ihre Anzeigen. »Nein, Digîr, dort ist nichts außer Dunkelheit und ... Moment, die Sensoren registrieren etwas.«

Nir-Ân drehte sich um. »Bericht!«

Die Navigatorin sah angestrengt auf ihre Konsole. »Ich kann nicht genau erkennen, was es ist. Irgendeine Art Raumverzerrung hat sich in Flugrichtung gebildet. Ich kalibriere die Sensoren neu, einen Moment.«
Dann starrte sie ungläubig auf den Hauptschirm. »Was, beim Großen Schöpfer, ist das?«
Inmitten der absoluten Finsternis war eine gewaltige rote Spirale aufgetaucht, deren Arme sich wie Millionen Tentakel ineinander verschlungen hatten und ein chaotisch wirbelndes Muster bildeten.
Ein sanftes Rütteln ging durch das Schiff. Nir-Ân sah zu Saî-Na hinüber, die Daten auf ihrer Konsole ablas. »Wir sind schneller geworden, Digîr. Aber wir haben selbst nicht beschleunigt.«
»Wie das?«, fragte der Kommandant.
»Digîr«, mischte sich der Sicherheitsoffizier ein. »Laut Anzeige werden wir von diesem Objekt angezogen!«
»Voller Stopp! Anshar-Antrieb aus!«, befahl Nir-Ân.
Saî-Na tippte einige Befehle in ihre Konsole und schüttelte den Kopf. »Antrieb ist aus, aber wir sind noch immer im Subraum!«
Nir-Ân ging etwas näher zum Hauptschirm und betrachtete das Objekt. Es leuchtete von innen heraus, als würde sich eine gewaltige Energiequelle in ihm verbergen. »Irgendwelche Daten, Pa-Shû?«
»Keine exakten, Digîr, aber dieses Objekt, was immer es sein mag, hat einen Durchmesser von mindestens zwanzig Ku-Bir.«
Der Kommandant pfiff durch die Zähne. »Das ist wahrlich groß! Kannst du sonst etwas erkennen?«

»Nein, Digîr, die Strahlung, die es aussendet, ist so groß, dass es die Sensoren stark beeinträchtigt.«
»Irgendwelche Vorschläge, was das sein könnte?«, fragte Nir-Ân weiter.
Sowohl Pa-Shû als auch Saî-Na schüttelten den Kopf.
Das Rütteln setzte erneut ein. »Wir werden wieder schneller«, sagte Pa-Shû beunruhigt.
»Hauptenergie aus!«, rief Nir-Ân und ging zu seinem Kommandosessel. Er setzte sich hin und schnallte sich an. Saî-Na deaktivierte die Energiekammer und sofort hörte das Rütteln auf. Die Notbeleuchtung ging an und die Systeme liefen auf Hilfsenergie.
Nir-Ân betrachtete das Objekt fasziniert.
Es war noch größer geworden und die Schwingungen des inneren Wirbels schneller. Er schüttelte den Kopf. »Es sieht aus wie ein riesiges Ban-Shû mit all diesen Fäden und Tentakeln.«
»Digîr, sieh doch!«, rief Pa-Shû und starrte auf den Schirm. Zahlreiche Tentakel hatten sich aus dem roten Gewirr aus leuchtenden Fäden gelöst und schossen auf das Schiff zu. Wie ein gewaltiges Nesseltier, das sein Opfer zu sich ziehen wollte, umschlang es das Schiff. Ein Schlag traf die Sin-Ta und schüttelte sie durch.
»Volle Kraft zurück!«, rief Nir-Ân.
Saî-Na startete den Sublicht-Antrieb und aktivierte den Umkehrschub. Der kleine Aufklärer ächzte und knarrte und einige Lichter fielen aus. Die Struktur des Schiffes litt stark unter den entgegengesetzten Kräften.

Alle drei starrten auf den Schirm, wo das rote Objekt immer mehr Fäden aussandte, die das Schiff umklammerten. Dann gab es einen Ruck und die Fäden wurden straff. In der Mitte des Objektes erschien ein schwarzer Strudel, der immer größer wurde.

»Digîr, es zieht uns hinein!«, rief Pa-Shû aufgeregt. »Wir müssen hier weg!«

»Wir sind schon auf vollem Umkehrschub«, sagte Saî-Na. »Wenn ich die Hilfsenergie hinzu schalte, reißt es das Schiff auseinander!«

Nir-Ân schüttelte den Kopf. »Es ist zu spät. Umkehrschub aus und festhalten«, sagte er ernst.

Er biss sich auf die Lippe und kaute darauf herum. Das Schiff wurde immer näher zum Wirbel gezogen, dessen Inneres nun zur Gänze schwarz war. »Digîr. Die Struktur hält das nicht mehr lange aus. Der Zug ist zu stark!«, rief Pa-Shû eindringlich.

»Voller Schub voraus!«, befahl der Kommandant.

»Digîr?«, fragte Saî-Na ungläubig.

»Los jetzt!«, rief Nir-Ân.

Die Navigatorin tippte einige Kommandos in die kleine Sesselkonsole. Mit voller Kraft rasten sie auf das Objekt zu. Da die Entfernung nicht so schnell abnahm, erkannte man gut, welch gewaltige Ausmaße es hatte.

Mit offenem Mund starrte Pa-Shû in den Schlund, der sie empfing und schloss die Augen. »Möge der Große Schöpfer uns gnädig sein«, flüsterte er.

Nir-Ân blickte hochkonzentriert auf das Loch, in das sie hinein gezogen wurden, doch innerlich war er enorm aufgewühlt. Dann schloss auch er die Augen, und die Sin-Ta verschwand in dem schwarzen Wirbel.

Der schwarze Planet

Mi-Ku System, zwölf Lichtjahre entfernt.

Das kleine Schiff fiel in den Normalraum zurück und eine winzige Sonne wurde in einiger Entfernung sichtbar: ein weißer Zwergstern. Die Sin-Ta hatte den Übergang durch den schwarzen Schlund relativ unbeschadet überstanden. Nur einige Plasmakopplungen waren ausgefallen und eine Konsole zerstört. Doch sie hatten einiges an Energie verloren. Noch immer starrten die drei Insassen gebannt auf den Hauptschirm und hatten noch gar nicht realisiert, was soeben geschehen war.
Nir-Ân war der Erste, der das Wort ergriff: »Wo sind wir, Saî-Na?«
Die Navigatorin stellte einige Berechnungen auf ihrer Konsole an und schaute dann auf. »Den Daten nach zur urteilen sind wir nicht mehr im U-Tu System, Digîr. Laut Astrometrie sind wir fast sieben Nu-Tu von zu Hause entfernt. Den Spektraldaten dieses Sternes nach zu urteilen, im Mi-Ku System«, entgegnete die Navigatorin.
Pa-Shû ging zu Saî-Na und betrachtete die Daten auf der Konsole ungläubig. »Aber wie ist das möglich?«
»Das kann ich nicht beantworten, aber es ist eine Tatsache, dass wir nun hier sind«, erwiderte Saî-Na ungerührt.

Der Sicherheitschef schaute sie erstaunt von der Seite an. »Es scheint dich nicht besonders zu beeindrucken, oder?«
»Nein, es beeindruckt mich wirklich nicht. Wir werden eine Lösung für dieses Problem finden. Da bin ich sicher. Wie siehst du das, Digîr?«
Nir-Ân war in Gedanken und studierte die Daten der Außensensoren der letzten Minuten.
»Digîr?«, wiederholte die Navigatorin.
Der Kommandant sah sie an, als würde er sie zum ersten Mal sehen. Dann schaute er zu Pa-Shû und schließlich zum Hauptschirm. »Ich glaube, ich weiß, wie wir hierher gekommen sind. Kennt ihr die Legende des Auges von Q´l-Dun?«
Saî-Na nickte. »Alle Navigatoren der Flotte kennen diese Geschichte. Das Phantom, das jeder in der Handelsflotte schon einmal gesehen hat oder zumindest kennt jeder eine Person, die davon gehört hat, dass es jemand gesehen hat. Ein rotes Auge, das so schnell wieder verschwindet, wie es auftaucht. Eine nette Geschichte, aber vermutlich nicht mehr.«
»Du willst sagen, dass das, was uns hierher gezogen hat, dieses Auge des Q´l-Dun ist?«, fragte Pa-Shû verwundert.
»Ja«, erwiderte der Kommandant. »Ich glaube, dass es sich dabei um eine Art Portal durch den Raum handelt. Eine Art kosmischer Abkürzung. Bis vor Kurzem wussten wir nicht einmal, dass es den Subraum gibt.

Nun reisen wir in einem Schiff durch dieses seltsame Nichts, mit einer Geschwindigkeit die weit höher ist als die des Lichts. Ja, ich glaube, dass das Auge des Q´l-Dun existiert und wir gerade hindurchgeflogen sind.«

Saî-Na zuckte mit den Achseln. »Zumindest wäre es eine logische Erklärung für unsere derzeitige Position.«

»Wie lange wird es dauern, wenn wir mit dem Anshar-Antrieb wieder zurück nach N´Bir fliegen?«, wollte Nir-Ân wissen.

Saî-Na stellte einige Berechnungen an. »Unsere Energie würde vermutlich ausreichen, aber unsere Nahrungsvorräte ganz sicher nicht. Wir würden fast zwei volle Nu benötigen!«

Pa-Shû stützte sich auf seine Konsole und überlegte. »Wenn das Portal in unserem System existiert und hierher führt, dann sollte es auch hier existieren und wir müssten in der Lage sein, es zu finden.«

Er drehte sich zu Nir-Ân. »Digîr, du hast gesagt, dass du etwas gespürt hast, kurz bevor das Auge aufgetaucht ist. Spürst du das auch hier?«

Der Kommandant schüttelte den Kopf. »Nein, ich habe bereits danach gesucht. Aber hier ist offenbar nichts, oder aber ich kann es nicht fühlen.« Er überlegte.

»Saî-Na, bitte starte eine volle Scanneranalyse der Umgebung«, fuhr er fort. »Ich will wissen, wo wie hier gelandet sind und was uns hier erwartet. Wenn wir einen Planeten finden, der ...«

Er wurde jäh unterbrochen, als eine starke Erschütterung durch das Schiff lief.
»Bericht!«, sagte Nir-Ân und schaute auf den Hauptschirm. Es war nichts zu sehen.
»Irgendetwas hat uns hinten getroffen«, sagte Pa-Shû. »Ich registriere leichte Beschädigungen am Heck. Ein Asteroid vielleicht. Ich könnte ...«
Wieder wurde das Schiff getroffen, diesmal um einiges härter. Eine Plasmaleitung platzte und setzte eine Konsole in Brand. Die automatische Feuerlöschanlage löste das Problem jedoch schnell.
»Voller Stopp!«, befahl Nir-Ân. »Hilfsenergie in die Außensensoren!«
»Digîr«, sagte Saî-Na nach einigen Herzschlägen.
»Ich registriere ein kleines Schiff etwa zwei Ku-Bir entfernt. Ich versuche, ein Bild davon zu erhalten.«
Alle schauten zum Hauptschirm und sahen ein etwa zwanzig Meter langes Objekt, das einer vierfingrigen Hand ähnelte, deren Finger spitz zuliefen.
Die Hülle des Schiffes war sehr unregelmäßig und im Licht der kleinen Sonne kaum auszumachen.
»Sie rufen uns«, sagte der Sicherheitschef und aktivierte die Komm.
»Ch´i-in qua!«, hörten sie eine dünne und kratzige Stimme aus den Lautsprechern. Fast hätte Pa-Shû laut lachen müssen, so lächerlich klang die Stimme.
»Tschin Kwa?«, wiederholte Pa-Shû fragend. »Was soll das bedeuten?«
Nir-Ân schüttelte den Kopf. »Nun, ich denke nicht, dass es eine Einladung zum Abendessen war.«

»Ch´i-in qua o-casir qui-ita!«, sagte die fremde Stimme erneut.
»Sollten wir nicht antworten, Digîr?«, fragte Saî-Na.
»Kanal öffnen«, erwiderte der Kommandant bestätigend.
»Ist offen.«
»Hier spricht Digîr Nir-Ân vom terekanischen Aufklärungsschiff Sin-Ta. Stellen sie sofort das Feuer ein, wir sind unbewaffnet und verfolgen keine feindlichen Absichten. Wir verstehen ihre Sprache nicht und bitten um eine Unterredung.« Stille. Einige Herzschläge lang.
»Haben sie die Nachricht erhalten?«, fragte Nir-Ân in Richtung Pa-Shû.
»Ja. Aber dass sie es verstanden haben, wage ich zu bezweifeln, denn sie gehen auf Abfangkurs!«, erwiderte der Sicherheitschef.
»Ch´i-in ni qua aro! Nu ni anqua!«, kam die Antwort des fremden Schiffes und im Hintergrund hörten sie ein anderes Wesen gehässig lachen.
Dann eröffneten sie erneut das Feuer und die Sin-Ta erlitt zahlreiche Serientreffer. Die Panzerung der Außenhaut flog in Stücken davon und an einigen Stellen durchbrachen die Treffer die Hülle.
Die automatische Reparatur griff sofort ein und versiegelte die Löcher. Das kleine Schiff bezog Position hinter der Sin-Ta und war bereit, den Angriff fortzusetzen.
»Saî-Na, bring uns hier weg! Voller Schub!«, rief der Kommandant und schnallte sich wieder auf seinem Sessel an.

»Pa-Shû, ich nehme an, du hast nicht zufällig vor dem Start heimlich ein paar Plasmakanonen installiert?«
»Nein, Digîr, leider«, erwiderte der Angesprochene.
»Dann müssen wir uns auf unsere Geschwindigkeit verlassen und hoffen, dass diese Weltall-Wichtel nicht mithalten können!«, sagte Nir-Ân.
Saî-Na schüttelte den Kopf und manövrierte das Schiff in engen Kurven durch den Raum, um möglichst nicht getroffen zu werden.
Doch immer wieder fand einer der Strahlen sein Ziel.
Pa-Shû fluchte. »Digîr, wir verlieren Energie, sie nehmen gezielt den Antrieb unter Beschuss.«
Nir-Ân schnalzte mit der Zunge. »Saî-Na, hol alles aus dem Antrieb raus, egal, was du dafür abschalten musst.«
Die Navigatorin schaltete die Lebenserhaltung ab und leitete die Hilfsenergie in die Triebwerke. Sofort beschleunigte das Schiff stark und gewann Abstand zu dem Angreifer. »Mehr geht nicht, Digîr, sonst müsste ich die künstliche Schwerkraft abschalten.«
Pa-Shû kontrollierte die Entfernung. »Sie bleiben auf Abstand, aber lange wird der Sublicht-Antrieb das nicht durchhalten.
Für so viel Energie wurde er nicht konzipiert. Er wird überhitzen und abschalten.
Den Anshar-Antrieb würde ich nicht aktivieren, solange wir nicht wissen, was vorhin passiert ist.«
Der Kommandant nickte. »Steuer auf den kleinen Planeten dort drüben zu, vielleicht können wir sie in der Atmosphäre abschütteln.«

Saî-Na änderte den Kurs und das kleine Schiff schoss auf den Himmelskörper zu, der sich im Lichte der schwachen Sonne nur wenig vor dem kosmischen Hintergrund abzeichnete. Als der Planet schon den ganzen Hauptschirm ausfüllte, brach das angreifende Schiff die Jagd plötzlich ab und ging in einen hohen Orbit.

»Sie verfolgen uns nicht mehr«, sagte Pa-Shû. »Vielleicht kann ihr Schiff nicht in der Atmosphäre navigieren.«

»Oder sie trauen sich nicht näher ran«, entgegnete Saî-Na.

»Saî-Na, was sagen die Sensoren über diesen Planeten?«, wollte Nir-Ân wissen.

»Ein Drittel so groß wie N´Bir. Die Atmosphäre ist korrosiv und giftig und er ist extrem kalt. Wenn wir dort landen, können wir uns selbst mit den Anzügen nicht sehr lange im Freien aufhalten. Die Außenhaut des Schiffes wird jedoch keinen Schaden nehmen.«

Nir-Ân nickte. »In Ordnung. Dann gehen wir runter und lassen den Antrieb abkühlen. Und hoffen, dass diese Wichtel bald wieder verschwinden.«

»Diese *Wichtel* haben uns aber ganz schön den Hintern versohlt«, erwiderte Saî-Na. »Ich glaube, es wäre ein Fehler, sie zu unterschätzen, nur weil sie klingen wie hysterische Kinder.«

»Ich habe nicht vor, sie zu unterschätzen«, entgegnete der Kommandant ernst.

»Aber sie klingen wirklich wie Wichtel«, scherzte Pa-Shû.

Ein starkes Rütteln ging durch das Schiff als sie in die Atmosphäre des Planeten eintauchten. Die Außenhaut fing an zu glühen.
»Antrieb aus. Steuerdüsen und Gleitmodus«, befahl Nir-Ân.
Die Geschwindigkeit nahm langsam ab und die Flugbahn wurde ruhiger. Um das Schiff herum brannte die Atmosphäre lichterloh. Der kleine Aufklärer war dafür ausgelegt, sowohl im Weltraum als auch in einer dichten Luftschicht fliegen zu können. Selbst unter Wasser wäre das Schiff noch manövrierfähig.
In der gerade untergehenden kleinen Sonne sah der Planet überaus surreal aus.
Schwarze scharfkantige Felsen und Berge mit schmalen finsteren Tälern. Keine Anzeichen einer Vegetation. Auf den Gipfeln der Berge leuchtete Eis gefrorener Gase. Das Schiff glitt durch die dichte Luft und erreichte bald die Zone der Nacht und somit tiefster Finsternis.
Der Annäherungsalarm des Schiffes ließ sie aufschrecken.
»Scheinwerfer an!«, befahl Nir-Ân.
Ein gewaltiger Lichtkegel flammte auf und riss einen großen Berg aus der absoluten Dunkelheit. Er kam rasend schnell näher.
Entsetzt streckte sich Nir-Ân in seinem Kommandosessel durch und schrie: »Hochziehen!«
Doch es war zu spät. Mit einem gewaltigen Krachen knalle das Schiff gegen den Kamm des Berges und zerbrach die Felsen in Millionen Teile.

Die drei Insassen wurden hart nach vorn geworfen und von den Haltegurten aufgefangen.
Der Aufklärer schrammte über die Bergspitze und fiel auf der anderen Seite unkontrolliert dem Boden entgegen. Der Antrieb war ausgefallen.
Saî-Na klammerte sich an ihrer Konsole fest.
»3000 Ku-Sin!«, rief sie. »Wir gehen runter!«
Das Schiff drehte sich unkontrolliert um seine Zentralachse.
»2000 Ku-Sin! Ich kann den Antrieb nicht wieder aktivieren!«
Die Sin-Ta fiel wie ein Stein und der sich drehende Lichtkegel des großen Scheinwerfers riss immer wieder Bilder aus grauem Fels aus der Finsternis. Sie fielen an einer steilen Bergflanke hinab in die Tiefe.
»1000 Ku-Sin! Festhalten!«
Wenige Herzschläge später schlug das Schiff schräg auf dem Boden auf und wurde wie ein Stein auf dem Wasser wieder emporgeschleudert. Die Sessel der Insassen rissen aus ihrer Verankerung und sie wurden hart gegen die Wand geschleudert. Dann krachte das Schiff erneut auf die Oberfläche und schlitterte noch eine ganze Weile über den felsigen Untergrund, bevor es ächzend zur Ruhe kam und sich dabei nach links drehte. Viele Konsolen waren zu Bruch gegangen und überall flogen Funken. Beißender Rauch füllte den Raum. Pa-Shû raffte sich stöhnend auf und betätigte die Feuerlöschanlage manuell. Mit einem Zischen wurden die zahlreichen kleinen Schmorbrände gelöscht und der Rauch aus dem Raum gesaugt.

Nir-Ân hatte sich eine Platzwunde an seinem langen Schädel zugezogen, aus der schwarzes Blut über sein Gesicht lief. Er kroch zu einer Konsole und zog sich hoch. »Bericht!«, rief er unter Schmerzen.

»Alle Systeme ausgefallen, Digîr!«, erwiderte Pa-Shû schnaufend.

»Wo genau sind wir, Saî-Na?«, wollte Nir-Ân wissen. Doch es kam keine Antwort.

»Saî-Na!«, rief Nir-Ân erneut. Schweigen.

Er sah sich in alle Richtungen um. In der linken hinteren Ecke lag die Navigatorin und rührte sich nicht.

»Verdammt!«, rief er und humpelte zu ihr hinüber.

Er beugte sich über sie und befreite sie vom Sessel.

Sie hatte eine hässliche Wunde am Schädel, doch sie lebte.

»Pa-Shû!«

Der Sicherheitschef war schon zur Stelle und hielt einen medizinischen Scanner an ihre Stirn. Die Werte darauf zeigten an, dass sie nicht schwer verletzte war.

»Sie hat eine Gehirnerschütterung und zwei gebrochene Rippen. Nichts Ernstes.«

Durch ihren massiven Körperbau und ihre enorme Kraft und Konstitution war es nicht leicht, einen Terekan umzubringen. Daher hatten sie alle den Aufprall des Schiffes relativ unbeschadet überstanden.

Nir-Ân schnaufte und setzte sich hart neben Saî-Na auf den Boden. Pa-Shû gesellte sich dazu.

»Scheiße!«, entfuhr es Nir-Ân und brachte Pa-Shû damit zum Lachen. »Überaus trefflich formuliert, Digîr!«

»Wieso haben die Sensoren diesen verdammten Felsen übersehen?«, fragte Nir-Ân.

»Irgendetwas hat sie gestört beim Überflug«, erwiderte der Sicherheitschef. »Kurz vor dem Zusammenstoß mit dem Berg hat meine Konsole ein starkes elektromagnetisches Feld unter uns angezeigt. Bevor ich etwas sagen konnte, war es schon zu spät!«

Saî-Na wurde stöhnend wach und öffnete die Augen. Erschrocken setzte sie sich auf, doch sie fiel sofort wieder um und hielt sich den Kopf.

»Nicht so viel bewegen, Saî-Na. Du hast einen heftigen Schlag gegen den Kopf bekommen und musst dich jetzt erst einmal ausruhen«, sagte Nir-Ân. »Pa-Shû begleite sie bitte in ihr Quartier.«

Saî-Na schüttelte schwach mit dem Kopf. »Nein, ich werde hier gebraucht, es geht schon.«

»Muss ich es dir befehlen?«, erwiderte Nir-Ân sanft.

Die Navigatorin presste die Lippen aufeinander. »Nein, das musst du nicht, Digîr.«

Pa-Shû half ihr aufstehen und stützte sie. Er brachte sie in ihr Quartier und sie legte sich auf ihre Liege. »Wenn du etwas benötigst, lass es uns wissen. Wir versuchen, in der Zwischenzeit das Schiff wieder flottzubekommen.«

»In Ordnung«, erwiderte Saî-Na.

Pa-Shû dreht sich um und schickte sich an, zur Brücke zurückzugehen.

»Danke!«, rief Saî-Na hinterher. Er nickte und lächelte.
Plötzlich ging ein heftiger Ruck durch das Schiff und Pa-Shû musste sich an der Wand abstützen, als er die Brücke betrat. Schnell eilte er zu seiner Konsole.
»Was war das, Pa-Shû?«, rief ihm Nir-Ân entgegen.
»Scheinbar hat der Boden nachgegeben. Wir sind ein Stück eingebrochen«, erwiderte er. »Es sieht so aus, als wäre der Untergrund instabil!«
»Funktionieren die Außensensoren noch?«, fragte der Kommandant.
»Nein, es ist alles ausgefallen. Dieses EM-Feld hat die gesamte Bordelektronik lahmgelegt.«
»Das bedeutet, dass auch die Luftaufbereitung ausgefallen ist. Korrekt?«
»Ja, Digîr. Wir haben aber noch genügend Atemluft für die nächsten drei Umläufe.«
»Dann sollten wir zusehen, dass wir das Schiff bis dahin wieder flottbekommen!«, erwiderte Nir-Ân.
»Wenn wir die Quelle dieses EM-Feldes ausfindig machen und es ausschalten können, müsste es uns gelingen, die meisten Systeme wieder ...« Weiter kam er nicht, denn das Schiff wurde von einem heftigen Stoß erschüttert und neigte sich langsam zur Seite. Dann brach der gesamte Boden ein und der kleine Aufklärer sackte nach unten weg.

Nach etwa acht Meter freiem Fall prallte das Schiff gegen einen Felsen und schlug hart auf.

Die Insassen wurden heftig zu Boden gerissen und Saî-Na fiel sehr unsanft von ihrer Liege und wurde schmerzhaft an ihre Verletzungen erinnert.

»Bericht!«, rief Nir-Ân.
»Wir sind scheinbar in eine Art Höhle eingebrochen. Keine Schäden an der Außenhaut«, erwiderte Pa-Shû und versuchte herauszufinden, was geschehen war. Er aktivierte die Außenscheinwerfer, und der Bereich um das Schiff wurde hell erleuchtet. Beide starrten aus dem großen Fenster und öffneten ungläubig den Mund. »Schau dir das an!«, sagte Nir-Ân gedehnt.
»Fantastisch!«, murmelte der Sicherheitschef.
Sie sahen eine weite Höhle, die über und über mit großen und kleinen Kristallen bedeckt war, die im Scheinwerferlicht in allen Regenbogenfarben leuchteten. Die längsten schätze Pa-Shû auf fast zwanzig Meter.
Saî-Na betrat mit schmerzverzerrtem Gesicht die Brücke und wollte sich gerade beschweren, als sie die fantastische Welt sah, die sich ihnen außerhalb des Schiffes präsentierte.
Sofort waren ihre Schmerzen vergessen.
»Wwwoooow!«, entfuhr es ihr und ihre Kollegen drehten sich zu ihr um. »Was, beim großen Schöpfer ist das?«
»Wir sind in eine Höhle eingebrochen«, sagte Nir-Ân. »Das Gewicht des Schiffes muss den Boden destabilisiert haben.«

»Und offenbar ist dies auch die Quelle für das extrem starke EM-Feld«, erwiderte Pa-Shû, als er die Daten von seinem Handscanner las. »Die Kristalle sind elektromagnetisch überaus aktiv.«
»Stellen sie eine Gefahr für uns dar?«, wollte der Kommandant wissen.
Pa-Shû schüttelte den Kopf. »Nein, nicht für uns, aber der Hauptcomputer hat dadurch schwere Schäden erlitten. Etliche Schaltkreise sind durchgebrannt. Und ohne ihn funktioniert nichts auf diesem Schiff.«
Saî-Na betrachtete die Höhle, die sich vor ihr ausbreitete. Ihr Gesicht reflektierte das schillernde Licht und sie schloss genussvoll die Augen. Es hatte etwas Beruhigendes. Etwas, das Frieden versprach. Sie glitt in einen Traum und fühlte sich unendlich geborgen. Fast war es, als würde sie bei ihrer Mutter liegen und ihre sanfte Stimme hören, die ihr ein Schlaflied sang, weil sie mal wieder nicht einschlafen konnte. Sie lächelte.
»Saî-Na? Saî-Na! Hörst du mich nicht?«, rief Nir-Ân.
Die Navigatorin öffnete die Augen und schüttelte den Kopf, als wolle sie einen Gedanken oder einen leichten Schwindelanfall vertreiben. »Es ruft mich«, flüsterte sie und lächelte glücklich.
»Wer ruft dich?«, fragte Pa-Shû.
»Hört ihr sie denn nicht?«, entgegnete die Navigatorin. »Diese wunderschöne Stimme?«
Nir-Ân lauschte angestrengt. »Also ich höre nichts. Geht es dir gut, Saî-Na?«

Sie schaute ihn glücklich an. »Es ging mir nie besser«, erwiderte sie.
Nir-Ân schaute sie überrascht und misstrauisch an.
Pa-Shû ging zu Saî-Na und untersuchte sie mit dem medizinischen Scanner. »Das gefällt mir nicht. Deine Gehirnwellenmuster sind sehr ungewöhnlich. Scheinbar hat dein Gehirn beim Sturz doch mehr Schaden erlitten, als ich zuerst dachte. Ich bin zwar kein Mediziner, aber ich denke, dass du dringend Ruhe brauchst.«
Die Navigatorin sah ihn durchdringend und mit einem bezaubernden Lächeln an. »Nein, mir ging es noch niemals besser in meinem Leben. Ich war noch niemals zuvor glücklicher.«
Pa-Shû sah Saî-Na verwirrt an und Nir-Ân zog eine Augenbraue hoch. Er ging zu seiner Navigatorin hinüber und legte ihr die Hand auf die Schulter. »So, meine Liebe, wir beide werden nun hübsch in dein Quartier gehen und du wirst dich hinlegen.« Dann sah er sorgenvoll zu Pa-Shû und schaute ihn fragend an. Dieser zuckte jedoch nur ratlos mit den Schultern.
»Nein, ich muss da raus gehen. Es ruft mich. Es braucht mich.«
»Hier stimmt etwas ganz und gar nicht, Digîr«, sagte Pa-Shû. »Vielleicht sollten wir sie vorübergehend sedieren, bis sie sich besser fühlt.«
»Nein!«, schrie Saî-Na plötzlich. »Du darfst mich nicht aufhalten!«

Sie hob eine Hand und sofort erhielt der Sicherheitschef einen mächtigen Stoß, der ihn gegen die Konsole hinter ihm krachen ließ. Sie hatte ihn dabei jedoch nicht einmal berührt.
»Beim Großen Schöpfer, was geht hier vor!«, rief Nir-Ân sichtlich verwirrt. Saî-Na drehte sich zu ihm um und lächelte ihn glücklich an. Als er ihre Augen sah, erschrak er bis ins Mark seiner Knochen. Das tiefe Schwarz hatte einem glühenden Rot Platz gemacht.
»Großer Schöpfer, Saî-Na, was ist mit dir geschehen?«, rief er, und versuchte sich zu beruhigen. Es musste eine logische Erklärung geben. Er wollte es genau wissen. Langsam ging er auf sie zu und breitete seine Arme aus. »Lass mich an deinem Glück teilhaben, Saî-Na.«
Sie strahlte ihn an und schloss ihn fest in ihre Arme. Sofort fühlte Nir-Ân eine mächtige Energie, die von ihr ausging und ihn zutiefst aufwühlte. Er spürte, wie seine Gedanken verschwammen, er konnte kaum noch klar denken. Er sah Bilder aus seiner Kindheit. Szenen, in denen er glücklich war und wo er sich wohl und geborgen fühlte. Er lächelte und drückte Saî-Na fest an sich und auch sie verstärkte den Druck ihrer Umarmung. Sie fühlten ihr beiderseitiges Glück und Nir-Ân wünschte sich, dass dieser Moment niemals vergehen möge. Wieder sah er Szenen aus glücklichen Tagen und fühlte sich über alle Maßen geliebt.
Dann plötzlich endete alles und Saî-Na fiel erschlafft zu Boden. Nir-Âns Gedanken kehrten zurück und erschrocken machte er einen Schritt nach hinten.

Vor ihm stand Pa-Shû mit einem medizinischen Gerät und sah ihn bestürzt an. Der Hauptschirm war deaktiviert. »Es tut mir leid, Digîr, aber ich musste sie sedieren. Hier stinkt etwas ganz gewaltig!«
Nir-Ân schaute den Sicherheitschef bestürzt an. »Es war so real! Ich konnte all ihre Gefühle lesen und sie meine. Es war, als ob unsere Herzen im Takt schlugen und unsere Lichter eine Einheit bildeten. Und ich spürte tiefe Liebe und Verbundenheit. Zu *ihr*!«
Noch immer benommen von dem Erlebten schüttelte er den Kopf. Dann erinnerte er sich schlagartig wieder an das Geschehene. »Sie hat dich nach hinten geschleudert. Ohne dich zu berühren!«
Pa-Shû rieb sich den Rücken. Er hatte sich nicht verletzt, aber eine schmerzhafte Begegnung mit der Kante der Konsole gemacht. »Nein, Digîr, sie hat mich gestoßen.«
Der Kommandant schüttelte heftig den Kopf. »Nein, Pa-Shû, sie hat dich *nicht* berührt, ich schwöre es beim Großen Schöpfer!«
»Digîr, wie soll das möglich sein, sie hatte keine Waffe in der Hand!«
»Mein Freund, ich glaube, *sie* war die Waffe!«, erwiderte Nir-Ân.
»Wie meinst du das?«, fragte Pa-Shû verwirrt.
»In dem Moment, als du nach hinten flogst, spürte ich einen mächtigen Druckanstieg im Raum. Es knackte in meinen Ohren«, erwiderte Nir-Ân.

»Sie hat scheinbar die Luft vor dir verdichtet und in deine Richtung geschleudert. Anders kann ich es mir nicht erklären. Und sie tat dies mit nur einer Handbewegung. Und sie hatte dabei ...« Dann stockte er plötzlich.

»Dabei was?«, fragte Pa-Shû.

Nir-Ân überlegte kurz und schüttelte mit dem Kopf. »Nichts. Wir sollten sie aufwecken. Wir müssen erfahren, was hier los ist.« Er verschwieg dabei das, was er gesehen hatte: ihre roten Augen. Irgendetwas tief in ihm weigerte sich, es auszusprechen.

»Als Sicherheitsoffizier muss ich dich darauf hinweisen, dass dies ein großes Risiko darstellen würde, Digîr! Wir wissen nicht, zu was sie fähig ist.«

»Wir können sie ja nicht für den Rest unserer Reise im Tiefschlaf halten. Weck sie auf«, erwiderte Nir-Ân.

»Wie du befiehlst, Digîr.«

Sie setzten die Navigatorin auf ihren Sessel und schnallten sie fest. Dann injizierte Pa-Shû ihr ein Gegenmittel und langsam kam sie wieder zu Bewusstsein. Sie öffnete die Augen und sah sich verwirrt um. »Was ist passiert? Sind wir schon ... Moment ... ich erinnere mich. Da waren diese Stimmen!«

»An was genau erinnerst du dich?«, fragte Nir-Ân. Saî-Na sah ihn an und lächelte. Dann schaute sie verlegen zu Boden. »Ich erinnere mich an ... dich. Uns.« Sie sah ihm tief in die Augen. »Ich kenne dich«, flüsterte sie und lächelte.

»Natürlich kennst du ihn, er ist dein Digîr«, erwiderte Pa-Shû.

Saî-Na schüttelte den Kopf. »Nein, so habe ich es nicht gemeint.«
Sie schnallte sich ab und erhob sich, sodass sie dicht vor Nir-Âns Gesicht zum Stehen kam.
»Ich kenne dich. Dein Herz«, sagte sie lächelnd. »Aber ich weiß nicht, woher.«
Pa-Shû räusperte sich. »Ich bin dann wohl offenbar der Einzige, der das hier merkwürdig findet, oder?«
Wie zwei erwischte Kinder ließen die beiden voneinander ab und Nir-Ân ging einen Schritt rückwärts. »Ich muss mich entschuldigen, Digîr. Ich habe keine Ahnung, was hier vorgeht!«, sagte Saî-Na ernst.
Nir-Ân schüttelte verwirrt den Kopf. »Du musst dich für gar nichts entschuldigen.« Dann sahen sich beide wieder in die Augen und es schien eine Ewigkeit zu vergehen.
Wieder räusperte sich der Sicherheitschef. »Bitte zwingt mich nicht dazu, das Sicherheitsprotokoll anzuwenden. Ich will sofort wissen, was hier los ist! Saî-Na hat mich vorhin angegriffen und wir beide wissen nicht, wie sie das gemacht hat! Und ganz offensichtlich ist sie nicht sie selbst.«
Saî-Na schaute Pa-Shû an und dann zu Boden. »Es tut mir leid, aber ich konnte nicht anders! Du wolltest mich aufhalten und ich habe mich gewehrt. Wie, das weiß ich nicht! Etwas brach aus mir heraus. Es war, als würde sich der Gedanke an Freiheit manifestieren und vor mir aufbauen. Ich hatte keine Kontrolle darüber!«

»Ich weiß nicht, was hier vorgeht, Saî-Na«, sagte Nir-Ân. »Aber ich glaube, wir sind beide derzeit nicht zurechnungsfähig und eine Gefahr für uns und das Schiff.«

»Dann lasst ihr mir keine andere Wahl«, erwiderte Pa-Shû und stellte sich vor seinen Kommandanten. »Digîr, aufgrund der mir verliehenen Befugnisse erkläre ich hiermit den Sicherheitsnotfall und übernehme das Kommando über das Schiff. Bitte händigt mir eure Waffen aus.«

Nach kurzem Zögern nickte Nir-Ân und übergab seinen Plasmawerfer an den Sicherheitschef. Saî-Na folgte seinem Beispiel.

»Danke, Digîr«, sagte Pa-Shû. »Und nun lasst uns bitte herausfinden, was hier los ist. Ich schlage vor, dass ihr beiden erst einmal ein wenig Abstand zu einander haltet, damit ihr klar denken könnt.«

»Dein Vorschlag ist logisch, Pa-Shû«, erwiderte die Navigatorin und nickte.

»Gut, halten wir fest: Deine Veränderung, Saî-Na, fand statt, als du dem Lichtspektrum der Kristalle ausgesetzt warst. Es war zwar nur indirekt über den Hauptschirm, doch scheinbar hat dies ausgereicht, eine Verschiebung deiner Gehirnwellen auszulösen. Bei dir, Digîr, trat dieser Effekt nicht ein. Stimmt ihr mir so weit zu?« Beide nickten.

»Nehmen wir weiter an, dass das starke EM-Feld dafür verantwortlich ist und wir doch nicht so ungefährdet sind, wie ich zuvor dachte. Ich schlage daher vor, dass wir unsere Raumanzüge anziehen, um uns abzuschirmen.«

»In Ordnung, Pa-Shû«, sagte Nir-Ân. Auch Saî-Na stimmte zu.
Kurze Zeit später standen alle drei im Raumanzug auf der Brücke.
Pa-Shû aktivierte den Hauptschirm wieder und sie sahen sich das Bild der Höhle an. Noch immer reflektierten die Kristalle das Licht in allen Farben. Pa-Shû übermittelte die Kontrolldaten der Anzüge ebenfalls auf den Hauptschirm. Alle Körperfunktionen wurden nun dort von jedem Einzelnen angezeigt und fortlaufend protokolliert. Auch die Gehirnwellenmuster. Das Muster von Saî-Na hatte sich normalisiert.
»Was fühlst du gerade?«, wollte Pa-Shû wissen.
Saî-Na schaute ein wenig verwirrt. »Ich fühle mich geliebt und beschützt. Als wäre alle Last meines Lebens von meinen Schultern gefallen. Obwohl es ein sehr schönes Gefühl ist, macht es mir auch ein wenig Sorgen.«
»In Ordnung«, nickte Pa-Shû. »Ich möchte dich bitten, nun deinen Helm abzulegen. Ich will schauen, wie sich deine Gehirnwellen verändern. Bitte gestatte uns, dich zu sedieren, sollte es zu einem Zwischenfall kommen.«
»Gewährt«, erwiderte Saî-Na. Sie öffnete die Schnallen ihres Helmes und nahm ihn ab. Sofort erhöhten sich die Wellenmuster ihres Gehirnes und sie lächelte.
Die Anzeigen spielten verrückt und die Werte sprengten fast die Skala.

»Helm wieder auf, sofort!«, rief Pa-Shû. Doch Saî-Na reagiert nicht. »Saî-Na!«, rief er erneut. Die Navigatorin schüttelte ihre Gedanken ab, schaute Pa-Shû überrascht an und zog dann in Eile wieder ihren Helm an. Sofort normalisierten sich ihre Muster.
»Ich habe die Stimme wieder gehört. Sie rief mich«, sagte Saî-Na.
»Was hat sie gesagt?«, wollte Nir-Ân wissen.
Saî-Na wurde sehr nachdenklich. »Sie versprach mir ewigen Frieden und die Freiheit.«
»Fühlst du dich denn gefangen?«, fragte Pa-Shû.
»Nein, eigentlich nicht«, antwortete sie und schaute Nir-Ân an. »Nun nicht mehr.« Dann lächelte sie.
»Digîr, ich möchte, dass du nun den Helm abnimmst.«
»In Ordnung, Pa-Shû«, erwiderte Nir-Ân und löste die Schnallen. Sofort erhöhte sich sein Gehirnwellenmuster, doch er blieb gelassen und spürte keine wirkliche Veränderung.
Er schüttelte den Kopf und schürzte die Lippen. »Ich höre keine Stimmen und spüre nichts. Nichts, was ich nicht schon zuvor gespürt hätte.« Dann setzte er seinen Helm wieder auf und schaute zu Pa-Shû. »Nun du.«
Der Sicherheitschef nickte und öffnete seinen Anzug. Auch seine Muster schossen in die Höhe, doch bei Weitem nicht so stark wie bei den anderen beiden.
»Auch ich höre und spüre nichts. Interessant«, sagte er und setzte seinen Helm wieder auf.

»So wie es aussieht«, sagte Nir-Ân, »werden wir alle von diesem EM-Feld beeinflusst, mehr oder weniger. Und es scheint ein Bewusstsein zu haben. Es hatte Zugriff auf unsere Gefühle und Erinnerungen.«
»Könnte es eine Art Lebensform sein?«, fragte Pa-Shû.
Saî-Na nickte. »Ja, ich konnte jedes Mal eine starke Präsenz spüren.«
Pa-Shû nahm einige Einstellungen an seiner Konsole vor und auf dem Hauptschirm wurden die Gehirnmuster der beiden sichtbar, wie sie zur Zeit der Beeinflussung durch das Feld waren.
»Wie ich mir dachte«, sagte er. »Die Frequenzen sind deckungsgleich. Eure Lichter schienen in Einklang zu schwingen. Das wäre ein Hinweis für eure Verbundenheit in diesem Moment. Faszinierend. Dieses EM-Feld scheint eine Art Katalysator zu sein. Ich weiß jedoch noch nicht für was genau.«
»Sollte da draußen wirklich eine Lebensform sein, sollten wir das untersuchen«, sagte Nir-Ân. »Vielleicht gelingt es uns, bewussten Kontakt herzustellen. Solange dieses Feld aktiv ist, kommen wir nicht von hier weg.«
Pa-Shû presste die Lippen aufeinander. »Ich halte es für ein großes Risiko, solange wir nicht wissen, womit wir es zu tun haben.«
»Aber hier herumsitzen hilft uns auch nicht weiter«, entgegnete Saî-Na.
»Du hast jetzt das Kommando, Pa-Shû. Also entscheide«, sagte Nir-Ân.

Der Sicherheitschef überlegte eine Weile. »In Ordnung. Da uns die Anzüge scheinbar ausreichend Schutz gewähren, sollten wir es wagen, diese Höhle zu erkunden. Aber beim geringsten Anzeichen von Gefahr kehren wir um!«

Nir-Ân nickte bestätigend. »Dann los. Ich muss jedoch darauf bestehen, dass du uns die Waffen wieder aushändigst. Wir wissen nicht, was uns hier erwartet.«

Pa-Shû schüttelte den Kopf. »Das würde gegen das Protokoll verstoßen, Digîr. Das ist mir nicht erlaubt.«

»Sind eigentlich alle Shaptû-Agenten so pflichtbewusst?«, erwiderte Nir-Ân leicht genervt.

»Nicht alle, aber dieser hier schon«, entgegnete Pa-Shû und legte seine rechte Hand auf die linke Brust.

Im Gegensatz zu Pa-Shû und Saî-Na, gehörte Nir-Ân nicht zum Shaptû-Orden.

Er war lediglich von diesem für die Mission angefordert worden.

Der planetare Geheimdienst der Terekan war ihm zwar schon immer suspekt gewesen, doch die Mission hatte hohe Priorität, denn der neue Antrieb würde vor allem für militärische Zwecke eingesetzt werden. Also auch in seinem Schiff.

»Vielleicht solltest du nach unserer Rückkehr auch darüber nachdenken, dem Orden beizutreten, Digîr«, sagte Saî-Na und lächelte. Es war, als hätte sie seine Gedanken gehört.

»Nein, ich bin in der Flotte aufgewachsen. Vielleicht solltest eher *du* deinen Dienst quittieren und in die Kampfflotte eintreten. Ich kann immer eine fähige Navigatorin gebrauchen«, erwiderte der Kommandant augenzwinkernd.
Pa-Shû räusperte sich. »Wollen wir dann aufbrechen?«

Saî-Na öffnete die Außenschleuse und die drei verließen das Schiff. Nir-Ân ging voran.
»Nach dir«, sagte Saî-Na.
»Oh nein«, erwiderte Pa-Shû gedehnt. »Nach *dir*!«
Seine letzte Erfahrung mit Saî-Na war nicht die beste gewesen und er wollte sie auf keinen Fall im Rücken haben.
»Ich verzeihe dir«, entgegnete Saî-Na. Dann ging sie lächelnd an Pa-Shû vorbei, der sie mit offenem Mund ungläubig anstarrte. Als sie ihn überholt hatte, lief es ihm eiskalt den Rücken hinunter, denn in ihren Augen lag etwas Unbestimmtes, etwas Lauerndes. Er beschloss, sie nicht mehr aus den Augen zu lassen, bis er wusste, was hier vor sich ging.
Die Höhle war riesig, fast einhundert Meter in der Länge und knapp zehn Meter hoch.
Das Schiff lag flach auf einem zerbrochenen Kristall und ragte bis fast unter die zerstörte Decke. Das irisierende Licht war hier draußen weit stärker als im Schiff und sie hatten Mühe, sich darin zu orientieren.
Pa-Shû sah auf seine Handkonsole. »Das Feld ist hier draußen fünfmal so stark wie im Schiff. Ein Wunder, dass die Konsolen überhaupt funktionieren.«

»Irgendwelche Lebenszeichen?«, fragte Nir-Ân über den Helmkommunikator.
»Außer unseren eigenen kann ich keine registrieren«, erwiderte Pa-Shû. »Aber der Scanradius ist durch die starke Strahlung sehr eingeschränkt.«
Saî-Na kletterte auf den riesigen Kristall, der schräg in den Raum hineinragte und ging bis zu seiner Spitze hinauf. Sie sah in die Ferne. Es war, als wartete sie auf etwas.
»Was tust du da, Saî-Na«, rief der Sicherheitschef. »Komm bitte wieder zu uns herunter. Dein Zustand erlaubt es nicht, dich derart in Gefahr zu begeben.«
Sie hob die Hand als Zeichen, dass sie warten sollten.
»Ich höre die Stimme wieder«, sagte sie nach kurzer Zeit.
Nir-Ân nickte. »Ich ebenfalls. Ganz schwach.«
Der Sicherheitschef schüttelte den Kopf. »Das ist sehr besorgniserregend, Digîr.«
»Dort entlang!«, rief Saî-Na und deutete in den hinteren Teil der Höhle.
Sie sprang vom Kristall und rannte los.
»Saî-Na. Bleib sofort stehen!«, rief Pa-Shû, doch die Navigatorin ignorierte ihn einfach und rannte weiter.
»Los, hinterher«, mahnte Nir-Ân und lief ihr nach.
»*Mok-Tar E*!«, fluchte Pa-Shû kopfschüttelnd und folgte ihm auf dem Fuß.
„Laufen“ bedeutete hier eher: „Große Sprünge“ machen, denn die Schwerkraft war weit geringer als im Schiff oder auf N´Bir.
Doch sie gewöhnten sich schnell daran.

Saî-Na war schon fast außer Sicht, als sie in einer Kurve stehen blieb und fasziniert nach vorne starrte. Schnell hatten Nir-Ân und Pa-Shû aufgeholt und blieben ebenfalls abrupt stehen.

Das Bild, das sich ihnen hinter der Biegung bot, war derart beeindruckend, dass alle mit offenem Mund dastanden und kein Wort über die Lippen brachten.

Vor ihnen lag eine gewaltige Höhle mit etwa fünfhundert Meter Durchmesser. Sie war über und über mit Kristallen in verschiedensten Größen bedeckt und leuchtete in allen Farben des Regenbogens. Der Boden der Höhle fehlte fast zur Gänze und ein riesiges Loch führte in die Tiefe. Aus ihr ragte ein einzelner gewaltiger Kristall zur Hälfte heraus. Er hatte die Form eines Dodekaeders und füllte das Loch in der Breite beinahe komplett aus. Es schien, als würde er frei im Raum schweben.

In seiner Mitte sahen die drei eine Art schwarzen Nebel, der sich zuckend und wabernd um seine eigene Achse drehte und dabei immer wieder Licht in allen Farben aussandte. Eine Aura aus purer Macht ging von ihm aus und ließ Pa-Shû fast niederknien.

»Großer Schöpfer steh uns bei!«, sagte er ehrfürchtig. »Das ist das Gewaltigste, was ich je gesehen habe!«

Nir-Ân schüttelte ungläubig den Kopf. »Was ist das?«

»*Kommt näher!*«, hörten sie eine tiefe und langsame Stimme in ihrem Kopf. Auch Pa-Shû nahm sie nun wahr.

Saî-Na ging nach vorne und kniete nieder. »Wer seid ihr?«

»*Ich habe viele Namen. Und doch keinen*«, erwiderte die Stimme in ihrem Kopf.
Nir-Ân fasste sich ein Herz und schritt auf das gigantische Objekt zu. »Bist du in diesem Kristall? Oder ist er eine Art Kommunikator? Und wieso verstehen wir, was du sagst?«
»*Viele Fragen, Nir-Ân, Anführer des vierten Hauses der Terekan*«, hörte sie die Stimme.
»Woher weißt du, wer ich bin?«, fragte Nir-Ân skeptisch. Anders als Pa-Shû ließ er sich von der gewaltigen Präsenz scheinbar nicht beeindrucken.
»Er ist ein vollkommenes Wesen«, flüsterte Saî-Na. »Er ist das Licht gewordene Dunkel, das Dunkel gewordene Licht.« Sie neigte ihren Kopf und legte ihre Stirn auf den Boden.
Pa-Shû war so überwältigt, dass er sich nicht bewegen konnte.
Er kniete und atmete ruhig und flach mit geschlossenen Augen. Die Präsenz des Wesens war übermächtig.
»*Ich weiß, wer ihr drei seid, großer Nir-Ân. Ich weiß alles über dich, deine Gefährtin Saî-Na und deinen ersten Offizier Pa-Shû.*«
»Wie ist das möglich? Und sie ist nicht meine Gefährtin«, entgegnete Nir-Ân, weiterhin offenbar relativ entspannt. Äußerlich.
»*Ihr seid die Drei. Die Drei, die prophezeit wurden. Ihr seid die, die alles vernichten werden um es danach wieder zusammenzufügen.*«
»Ich verstehe nicht, was du sagst. Wer bist du und wie kann ich dich ansprechen?«, erwiderte Nir-Ân.

»Du sprichst doch bereits mit mir, Höchstes Licht.«
Nir-Ân schaute verwirrt und legte den Kopf schief. »Höchstes Licht? Was bedeutet das?«
»Das bedeutet, dass dir eine große Zukunft bevorsteht, Führer deines Volkes.«
»Kannst du die Zukunft sehen?«
»Ich kann sowohl deine Zukunft als auch deine Vergangenheit sehen, junger Terekan.«
Nir-Ân musste auflachen. Er war einer der ältesten seiner Spezies und mit 6200 Jahren weit entfernt von „jung". Er entschied sich, auf Gegenkurs zu gehen und das Wesen auf die Probe zu stellen.
»In Ordnung. Ich schätze hochgeistige Unterhaltungen, doch ich muss darauf hinweisen, dass deine geistigen Tricks bei mir nicht funktionieren. Was bist du, und was tust du hier?«
Die Stimme lachte dunkel. *»Du bist so, wie ich dich in Erinnerung gehabt haben werde. Stark und wissbegierig. Schwach und misstrauisch.«*
»In Erinnerung *gehabt haben* werde? Du sprichst in Rätseln, Wesen ohne Namen. Das, was du sagst, ergibt keinen Sinn«, entgegnete Nir-Ân herausfordernd.
»Weil du in Zeitbegriffen denkst, junger Terekan«, erwiderte das Wesen.
»Befreie dich davon, dann wirst du erkennen, dass du zu Großem fähig gewesen sein wirst.«
Verwirrt schüttelte Nir-Ân den Kopf. Die Vermischung der Zeitformen in der Sprache des Wesens ergab nur schwer Sinn für ihn.

»Wieso sprichst du eigentlich unsere Sprache?«, wollte er weiter wissen.
»*Weil ich alle Sprachen spreche. Ich spreche die Sprache des Geistes. Sie wird überall im Universum verstanden. Ich kann sie dich lehren, wenn du es möchtest.*«
»Was ich möchte, ist vor allem von diesem toten Planeten wieder wegzukommen. Dieses starke EM-Feld hindert uns daran. Daher muss ich einen Weg finden, es abzuschalten.«
»*Stürmisch und direkt, wie er immer gewesen sein wird*«, lachte das Wesen. »*Ich könnte dir sagen, wie du dieses* Feld*, wie du es nennst, abschalten kannst.*«
Nir-Ân schaute sich um und sah erst Pa-Shû und dann Saî-Na an. Sie waren beide tief im Bann des Wesens und machten keine Anstalten, sich in die Diskussion einzumischen.
Er war auf sich alleine gestellt. Doch dies war ohnehin das Los eines jeden Kommandanten. »Dann sage es mir, Wesen ohne Namen.«
»*Erst müsst ihr diesen Kristall zerstören, in dem ich gefangen bin.*«
Sofort schrillten die Alarmglocken bei Nir-Ân.
»Du bist gefangen? Warum? Wer hat dich in hier eingesperrt.«

»Ich bin die Essenz des Volkes, das einst hier lebte und vor Äonen verschwunden ist. Als ihre Sonne zu alt wurde, haben sie alles Wissen und alle Emotionen, die damit verbunden waren, in diesem Gefäß gespeichert. Dann haben sie den Planeten verlassen. Sie banden mich an dieses Wissen, damit ich es hüte, bis sie wiederkehren. Doch sie kamen nie zurück. Dies ist nicht meine Welt. Es ist eure Welt. Und dennoch bin ich hier. Wenn ihr mich befreit, kann ich euch viel von diesem Wissen vermitteln. Nicht alles, denn euer Geist ist noch nicht bereit, alle Wunder zu sehen, die dieses Volk erschaffen hatte.«
»Sie haben dich gebunden? Aber wer *bist* du?«, wollte Nir-Ân wissen.
»Ich habe keinen Namen, mit dem du etwas anfangen könntest, junges Wesen. Dereinst würdet ihr mich „Urlicht“ genannt haben, doch das spielt keine Rolle. Wenn du möchtest, kannst du mich jetzt auch so genannt haben. Doch es ist nicht notwendig, denn ich habe *keinen Namen, ich* bin *einfach.«*
Nir-Ân verwirrten die wörtlichen Zeitsprünge und temporalen Widersprüche des Wesens sehr und er schüttelte ärgerlich den Kopf.
»Kannst du bitte einfach in der Gegenwartsform reden? Auf dieser Basis ist eine Kommunikation überaus schwierig!«
Das Wesen lachte wieder. *»Ich habe schon seit Äonen nicht mehr mit linearen Wesen gesprochen. Verzeih mir, dereinst höchstes Licht der Terekan. Aber ich werde versuchen, deiner Bitte zu entsprechen. Nun sage mir, junger Terekan. Wirst du mich befreien?«*
»Was ist mit meinen Freunden?«, erwiderte Nir-Ân und zeigte auf Saî-Na und Pa-Shû.

»Sie sind ganz in dem aufgegangen, was sie früher ausgemacht haben wird. Verzeih ... was sie dereinst ausmachen wird. Sie lernen.«

»Sie lernen?«, wiederholte Nir-Ân.

»Sie lernen über sich selbst. Dinge, die in ihnen wohnen und nicht zum Licht gelangen konnten. Doch nun schon.«

»Ich verstehe nicht zur Gänze, was du meinst, aber mir scheint, dass keine Gefahr für sie droht. Ist das korrekt?«

»Nein, junger Terekan. Keine Gefahr. Wirst du mich befreien? Damit wir alle diesen Platz verlassen und dorthin zurückkehren können, wohin wir uns sehnen.«

»Das muss ich mit meinen Freunden besprechen.«

»Du wirst einst der mächtigste aller Terekan sein und Führer eines ganzen Volkes. Du brauchst keine Ratschläge. Du besitzt einen scharfen Geist. Benutze ihn!«

Nir-Ân überlegte und versuchte, sich vorzustellen, was das höchste Licht, der spirituelle Führer der Terekan, in diesem Moment tun würde. Dann lachte er kurz auf. Er war alleine hier und er war derjenige, der entscheiden würde.

Niemand war da, ihm diese Bürde abzunehmen.

»Sagen wir, dass ich dir helfe. Kannst du uns dann von hier wegbringen?«

»Wenn ich frei bin, kann ich euch alles Wissen vermitteln, dass ihr benötigt, um von alleine nach Hause zu finden.«

»In Ordnung. Was muss ich tun, um dich zu befreien?«

»Nicht viel, junger Terekan. Du musst nur die Struktur dieses Kristalles ein wenig schwächen. Dein Freund hat eine Waffe dabei, die das schaffen könnte. Nimm sie und feuere damit auf die Koordinaten, die ich dir übermitteln werde.«

Nach kurzem Zögern ging Nir-Ân zu Pa-Shû und nahm dessen Plasmawerfer an sich. Pa-Shû ließ es geschehen, als würde er es nicht bemerken.

Er stellte sich vor den gewaltigen Kristall und wartete. Dann entstand plötzlich ein Bild in seinem Kopf und er sah die Stelle, auf die er feuern sollte. Obwohl er sich fast sicher war, dass es ein Fehler sein würde, drückte er den Auslöser und feuerte eine Plasmaladung ab. Sie prallte gegen den Kristall und wurde zur Seite abgelenkt, wo sie scheinbar wirkungslos verpuffte. Nachdem nichts weiter geschah, feuerte er einfach immer weiter. Als nach einer Weile mit einem lauten „Krack" ein Riss in dem Kristall entstand, hörte er auf zu schießen und steckte die Waffe wieder ein. Er ging einige Schritte zurück und betrachtete das „Gefängnis".

»Gut gemacht, junger Nir-Ân. Den Rest schaffe ich alleine. Nimm deine Freunde und geh in der anderen Höhle in Deckung. Ich möchte euch nicht verletzen, mit dem, was ich jetzt tun werde.«

Nir-Ân nickte und machte sich auf den Weg in den vorderen Teil der Höhle. Saî-Na und Pa-Shû folgten ihm wie in Trance.

Sie gingen um die enge Kurve und duckten sich hinter einen großen Kristall.

Zuerst geschah eine Weile nichts, doch dann hörten sie das wiederholte Krachen und Bersten von Kristallstücken. Offenbar war der gewaltige Kristall dabei, zu zerbrechen. Nir-Ân wollte aufstehen und nachschauen, doch Saî-Na hielt ihn fest und schüttelte langsam den Kopf.

Mit einem gewaltigen Krachen wurde der Kristall zerfetzt. Viele Splitter flogen weit in den Gang hinein und zerstörten einige der kleineren Kristalle, die aus den Wänden ragten.

Mit einem Klirren wie von millionen Glasstücken fielen die Reste des Gefängnisses zu Boden und in das Loch.

Dann kehrte Stille in der Höhle ein und das regenbogenartige Leuchten der Kristalle wurde schwächer und schwächer und hörte schließlich zur Gänze auf. Es wurde stockfinster. Die drei schalteten ihre Helmlampen an und beleuchteten die Umgebung.

Saî-Na und Pa-Shû waren nach wie vor wie in Trance und gingen zurück zu dem gigantischen Gefängnisraum. Nir-Ân hatte starke Kopfschmerzen und sah immer wieder Blitze vor den Augen.

Doch er folgte den beiden in die Dunkelheit, aus der sich hier und da kleine Kreise herausschälten, wo das Licht der Lampen den Boden berührte. Er war über und über mit Kristallsplittern aller Art und Größe übersät. Als sie die große Höhle wieder betraten, herrschte undurchdringliche Finsternis.

Die Splitter knirschten unter ihren Stiefeln und das Echo kam von allen Seiten.

»Ich danke euch, junge Terekan. Ihr habt mich befreit. Nun können wir alle in unsere jeweilige Welt zurückkehren.« Plötzlich fingen die Kristalle an, schwach rot zu leuchten, und die Höhle wurde in einem bedrückenden Licht geflutet, das an Blut erinnerte. Über dem Loch waberte ein gewaltiger Nebel, der so schwarz war, dass er alles Licht verschluckte, das ihn berührte.
»Ich versprach euch Wissen, wenn ihr mich befreit und Wissen sollt ihr erhalten«, hörten sie die Stimme in ihrem Kopf. Dann brach eine gewaltige Druckwelle aus dem Wesen hervor und fegte die drei Terekan von den Beinen.
Sie fielen rückwärts um, während die Kristalle um sie herum intensiv rot leuchteten.
Als das Leuchten immer stärker wurde, überfiel sie ein heftiger Kopfschmerz und bald hielten sie sich den schweren Schädel mit beiden Händen und wandten sich mit schmerzverzerrtem Gesicht in den Kristallsplittern am Boden.
Der Schmerz wurde immer intensiver und bald unerträglich.
Sie hörten ihre eigenen Schreie und Pa-Shû war der Erste, der ohnmächtig wurde. Bald darauf endeten auch Saî-Nas Schreie und zuletzt glitt Nir-Ân mit einem letzten Aufschrei ins Dunkel.
»All dies Wissen nutzt weise, junge Krieger. Wir werden uns dereinst wiedersehen. Doch nun muss ich euch vorerst verlassen«, sagte das Wesen.

Das Leuchten wurde wieder schwächer und das Wesen glitt in die Nebenhöhle. Dorthin, wo die Sin-Ta lag und darauf wartete, dass ihr erneut Leben eingehaucht wurde.
Der Nebel drehte sich langsam und streckte sich zur Decke. Bald erreichte er den Rand des Kraters und gelangte nach draußen.
Er strömte gen Himmel und bildete etwa eintausend Meter über dem Boden einen flachen Wirbel, der sich schneller und schneller drehte, bis er in der Mitte rot zu leuchten begann.
Blitze schossen in alle Richtungen davon und dort, wo sie den Boden trafen, brannten sie kleine Krater in den Fels.
Auch die Sin-Ta wurde getroffen, doch die Panzerung lenkte die Energie zur Seite ab, wo sie zahlreiche Kristalle zerstörte.
Immer stärker wurden die Entladungen, und der Wirbel drehte sich immer schneller um die rote Feuerkugel, die in seinem Innern entstand. Schließlich entlud sich das Gebilde mit einer gigantischen Druckwelle, welche die dichte Atmosphäre zu einem weißen Ring um den Wirbel herum komprimierte. Der Donner rollte über weite Teile des Planeten und hallte noch eine Weile durch die Höhlen.
Dann wurde es still. Am Himmel stand eine rot leuchtende Kugel, in der schwarze Schlieren zu sehen waren, die chaotisch durcheinanderwirbelten.

Mit einem lauten Knall beschleunigte sie und verschwand mit ungeheurem Tempo im Dunkel des Weltalls.
Zurück blieben die Sin-Ta und drei bewusstlose Terekan.

Saî-Na erwachte als Erste. Ihr Kopf fühlte sich an, als hätte man ihr Gehirn in eine Zentrifuge gelegt. Starker Schwindel zwang sie dazu, die Augen wieder zu schließen. Die Kristalle leuchteten noch immer dunkelrot und obwohl das Licht eher gedämpft war, bereitete es der Navigatorin große Schmerzen. Plötzlich durchzuckte sie ein Gedanke. Nein, eher eine Erinnerung. Eine Erinnerung an das, was sie gesehen und gehört hatte, als das Wesen in ihrem Kopf war.
Sie konzentrierte sich und öffnete ihren Geist. Langsam kam ihr Verstand zur Ruhe und die Kopfschmerzen wurden weniger.
Der Schwindel hörte auf. Sie öffnete ihre Augen und sah Nir-Ân und Pa-Shû neben sich liegen. Sie kroch zu Nir-Ân hinüber und legte ihm eine Hand auf die Stirn. Dann konzentrierte sie sich und merkte, wie kraftvolle Energie zu ihm floss und sein Licht zurück aus dem Dunkel holte. Er öffnete die Augen und lächelte. »Ich habe von dir geträumt.«
»Ich hoffe, nichts Schlechtes«, erwiderte sie lächelnd. »Wie geht es dir?«
»Gut. Ungewöhnlich gut«, antwortete er nachdenklich.

»Dieses Wesen hat etwas mit uns gemacht. Ich fühle Dinge, die ich zuvor nicht fühlte. Als hätte eine unbekannte Macht Besitz von mir ergriffen.«
»Ja«, nickte Saî-Na. »Ich weiß, was du meinst. Es geht mir ebenso. Ich sehe viele Dinge. Bruchstückhaft. Wie ein Traum, der immer klarer wird.«
Sie sah zu Pa-Shû, der ein Stück abseits lag. »Was er wohl gerade träumt«, flüsterte sie.
»Vermutlich ebenso seltsame Dinge, wie wir«, erwiderte Nir-Ân.
»Soll ich ihn aufwecken?«, fragte Saî-Na.
Nir-Ân schüttelte den Kopf. »Nein, lass ihn noch eine Weile ausruhen.«
Sie setzten sich hin und diskutierten das Erlebte und versuchten, das, was sie von diesem Wesen erhalten hatten, irgendwie zu integrieren. Gleichzeitig fühlten sie sich einander nahe. So nahe, wie nie einem anderen Wesen zuvor.

Einige Zeit später hörten sie ein Stöhnen von der Seite und sahen Pa-Shû, der scheinbar gerade aufgewacht war. Saî-Na ging zu ihm hinüber.
»Wie geht es dir?«, fragte Saî-Na sanft. Der Sicherheitschef sah sie verwundert an.
So hatte er die Navigatorin noch nie erlebt. Ihre Kälte und Reserviertheit schien komplett verschwunden.
»Es geht mir gut«, erwiderte er. »Lediglich ein wenig Kopfschmerzen. Und ich fühle mich ein wenig seltsam. So, als wäre ich ... als wäre ich nicht *ich*! Versteht ihr, was ich meine?«

»Ja, wir verstehen genau, was du meinst«, entgegnete Saî-Na. »Uns geht es sehr ähnlich.«
Nir-Ân, der nun ebenfalls zu ihm herüber gekommen war, nickte. »Dieses Wesen scheint etwas mit uns gemacht zu haben. Ich weiß nicht genau was, aber mir scheint, als hätte ich Zugang zu Dingen, die ich zuvor nicht kannte. In meinem Kopf schwirren Gedanken, Gefühle und Bilder, die ich noch nicht zuordnen kann. Ich glaube, dass es eine Weile dauern wird, bis wir erfahren und begreifen, was das Geschenk dieses Wesens darstellt. Dennoch müssen wir jetzt einen Weg finden, das Schiff wieder startklar zu bekommen.«
»Da die Lage nun geklärt ist, Digîr, würde ich gerne das Kommando wieder an dich abgeben«, sagte Pa-Shû. »Mit deiner Erlaubnis.«
»Erlaubnis gewährt«, antwortete Nir-Ân. »Lasst und von hier verschwinden.«
Sie schickten sich an, Richtung Schiff zu gehen, als Nir-Ân sich bückte und ein fingerlanges Kristallstück aufhob.
Ein dünner Nebelschleier war darin zu sehen, der sich wie ein Wurm zuckend hin und her bewegte.
»Was hast du gefunden?«, fragte Saî-Na neugierig.
»Nichts weiter«, erwiderte Nir-Ân nach einer Weile. »Nur ein Souvenir.«
Dann steckte er den Kristall in seine Tasche und die drei gingen zum Schiff zurück.

Nach einigen Stunden hatten sie es geschafft, die Sin-Ta zu reparieren und den Antrieb zu starten.

Nachdem das EM-Feld verschwunden war und sie die beschädigten Bauteile ausgewechselt hatten, funktionierte der Hauptcomputer wieder wie gewohnt.
Der Datenspeicher war jedoch verändert worden. Er enthielt eine unglaubliche Menge an Daten, die zuvor nicht vorhanden waren.
Doch sie hatten keinen Zugriff darauf, alles war stark komprimiert und verschlüsselt. Der Orden würde sich um die Daten kümmern müssen.

Saî-Na startete das Schiff und bald schwebte der flache Diskus über der Höhle und beschleunigte in Richtung Weltall. Kaum hatten sie die Atmosphäre verlassen, meldete der Annäherungsalarm, dass sich ein Schiff von hinten näherte. Es waren die Angreifer, die sie zur Landung auf diesem Planeten gezwungen hatten.
»Ganz schön hartnäckig diese Weltraumwichtel«, sagte Nir-Ân grollend. »Voller Schub, Saî-Na!«
Die Navigatorin beschleunigte das Schiff mit zusätzlicher Hilfsenergie und sie gewannen langsam Abstand.
»Sie rufen uns, Digîr«, sagte Pa-Shû und aktivierte die Kommunikationseinheit.
»Ihr hattet die Chance, euer Schiff samt Ladung zu übergeben«, kam es aus den Bordlautsprechern. »Dann hättet ihr überlebt. Doch jetzt werden wir uns einfach nehmen, was uns zusteht.«
Die drei sahen sich erstaunt an. »Wieso verstehen wir plötzlich, was sie sagen?«, fragte Pa-Shû.

»Der Hauptcomputer übersetzt automatisch, so wie es aussieht«, erwiderte Saî-Na. »Offenbar ein Teil unseres Geschenkes.«
»Wenn das so ist«, sagte Nir-Ân und aktivierte die Kommunikation.
»Jetzt hört mir zu, ihr kleinen Weltraumwichtel. Und hört *genau* zu, denn ich werde mich *nicht* wiederholen. Ich gebe euch zehn Herzschläge Zeit, mit eurem lächerlichen Schrotthaufen das Weite zu suchen. Sollten wir euch dann noch immer auf dem Scanner haben, werden wir euch vernichten.«
Als Antwort hörten sie ein kratziges Lachen. »Haltet uns nicht für dumm. Euer Schiff ist unbewaffnet!«
»Das ist korrekt«, erwiderte Nir-Ân ruhig. »Doch *ich* bin es *nicht*!«
Er hob seine Hände und plötzlich gab das Schiff eine Gravitationswelle ab, die sich rasend schnell dem kleinen Schiff näherte und es heftig durchschüttelte.
»Das war meine letzte Warnung«, sagte Nir-Ân scharf.
Sofort wurden die Verfolger langsamer und gingen auf Abstand. Doch sie drehten nicht ab.
»Wie ihr wollt. Ich hatte euch gewarnt«, rief Nir-Ân das Schiff erneut. Dann hob er ein zweites Mal seine Arme und wieder brach eine Welle aus dem Rumpf des Schiffes. Doch diesmal um ein Vielfaches stärker als zuvor. Sie erreichte das weit zurückgefallene Schiff und drückte es mit Macht nach hinten.

Kleine Explosionen waren im hinteren Bereich des Schiffes zu sehen und dann wurde es plötzlich in einer gewaltigen Nova zerfetzt, deren Schockwelle auch die Sin-Ta traf und sie durchrüttelte. Der Antrieb war offenbar explodiert und das Schiff wurde restlos zerstört.

Pa-Shû und Saî-Na standen mit offenem Mund und starrten ihren Kommandanten fassungslos an.

»Was, beim großen Schöpfer, war das gerade, Digîr?«, fragte Saî-Na entsetzt.

Pa-Shû schaute auf das Restglühen des zerstörten Schiffes, dann auf seine Hände und schüttelte ungläubig den Kopf. »Ich habe nicht die leiseste Ahnung, Saî-Na. So wie es aussieht, habe ich gerade ein Schiff mit meinen Gedanken vernichtet.«

»Wie ist das möglich?«, flüstere Pa-Shû sichtlich erschüttert.

»Ich weiß es nicht, Pa-Shû«, erwiderte Nir-Ân verblüfft.

»Es brach einfach aus mir heraus. Als wüsste mein Geist genau, was er zu tun hätte. Ich spürte die gewaltige Energie, die sich um das Schiff sammelte und sich dann im Bruchteil eines Herzschlages entlud.«

»Digîr, unsere Energiekammer hat nur noch 40%«, sagte Saî-Na.

»Du hast scheinbar die Energie aus dem Kern gebündelt und damit eine Raumwelle erzeugt! Überaus beeindruckend, wie auch immer du das angestellt hast!«

»Was hat dieses Wesen bloß mit uns gemacht?«, fragte Nir-Ân kopfschüttelnd.
»Vielleicht sollten wir vorerst vermeiden, irgendetwas mit unserem Geist zu tun«, schlug Pa-Shû vorsichtig vor.
»Ich stimme zu«, sagte Saî-Na.
»Einverstanden«, erwiderte Nir-Ân. »Haben wir genügend Energie, um den Anshar-Antrieb zu aktivieren?«
Saî-Na nickte. »Ja, aber wir werden damit nicht weit kommen, fürchte ich.«
»Ich glaube, das müssen wir auch gar nicht«, entgegnete Nir-Ân. »Aktivieren.«
Saî-Na nahm einige Einstellungen vor und sofort sprang das kleine Schiff in den Subraum. Die Sterne verschwanden und machten dem ewigen Schwarz des Nichts Platz.
Zumindest hatten die drei dies erwartet. Doch statt ewiger Finsternis sahen sie ein gewaltiges Gewimmel von roten Fäden, die von überall zu kommen schienen und überall hin in die Unendlichkeit liefen.
An einer Stelle trafen fast alle zusammen und bildeten ein gewaltiges Gewirr, in dem sie sich zuckend bewegten. Das Objekt leuchtete intensiv rot und schien von innen heraus zu vibrieren.
»Großer Schöpfer!«, sagte Nir-Ân gedehnt. Pa-Shû und Saî-Na starrten stumm und gebannt auf den Hauptschirm.
Sie beobachteten die gewaltige Struktur des Objektes und die unzähligen roten Fäden, die im Raum vibrierten.

Auch um das Schiff herum lag eine rote Schicht dieser Substanz, die sich in die Unendlichkeit streckte und die Sin-Ta ebenso mit dem Objekt verbanden.
»Was ist das?«, brach Pa-Shû als erster das Schweigen.
»Ich weiß es nicht«, erwiderte Nir-Ân. »Doch es fühlt sich auf verwirrende Art und Weise richtig an.«
»Ja«, sagte Saî-Na. »Ich glaube, du hast Recht. Ich fühle es auch.«
»Wunderbar«, brummte Pa-Shû. »Ich fühle mal wieder nichts. Und doch macht mir der Anblick Angst. Was immer dies ist, es war vorher nicht da.«
»Vielleicht doch«, murmelte Nir-Ân gedankenverloren.
»Was denkst du, Digîr?«, fragte Saî-Na.
»Ich denke, dass wir hier die Grundsubstanz des Subraums sehen. Zumindest ist dies meine Erinnerung, woher auch immer sie stammen mag. Irgendwie hat das, was das Wesen mit uns gemacht hat, dazu geführt, dass wir es sehen können. Es war sicher zuvor schon da, doch wir konnten es schlicht nicht wahrnehmen. Das hat sich nun offenbar geändert.«
Pa-Shû ging näher zum Schirm und betrachtete die Außenwelt. »Du meinst, dass dieses Objekt dort draußen das Portal ist, das uns hierher gebracht hat? Das Auge des Q´l-Dun?«
»Ja, das denke ich«, erwiderte Nir-Ân. »Und ich glaube, dass wir nur hineinfliegen müssen, um wieder nach Hause zu kommen.«
Saî-Na schaute skeptisch. »Bist du sicher, Digîr?«

Nir-Ân schüttelte den Kopf. »Nein, Saî-Na. Bin ich nicht. Aber mein Gefühl sagt mir, dass wir genau das tun sollten.«
»Mit Verlaub, Digîr, du gehst ein großes Risiko ein, wenn du nur aufgrund deines Gefühles in dieses Objekt manövrieren willst«, sagte Pa-Shû vorsichtig. »Ich gebe zu bedenken, dass du nicht alleine auf diesem Schiff bist und wir das Wissen, das wir erhalten haben, unbeschadet zum Orden bringen müssen.«
Der Kommandant drehte sich zu seinem Sicherheitschef um und musterte ihn von unten bis oben.
Normalerweise hätte er ihm jetzt den Befehl erteilt, sein loses Mundwerk zu halten.
Doch stattdessen lächelte er ihn nur an. »Du hast vollkommen Recht, Pa-Shû, und ich bin froh, dass du uns auf dieser Mission begleitest.«
Pa-Shû räusperte sich verlegen. »Ich danke dir für deine Worte, Digîr.«
»Dennoch«, fuhr Nir-Ân fort, »werden wir nun in dieses Ding dort fliegen. Vertraut mir.«
»Ich vertraue dir, Digîr«, erwiderte Pa-Shû.
Saî-Na nickte und schaute erst zu dem Objekt und dann zu ihrem Kommandanten. »Soll ich?«
Nir-Ân lächelte. »Voller Schub.«
Die Navigatorin beschleunigte und das Schiff schoss durch den Subraum, direkt auf das gewaltige Objekt zu.

U-Tu System, nahe dem Jupiter.

Der Anshar-Antrieb war ausgefallen und das Schiff hatte den Subraum verlassen. Auf dem Hauptschirm war eine gewaltige Kugel zu sehen, die von zahlreichen Monden umkreist wurde: der Planet Jupiter. Sie hatten es geschafft. Das Portal hatte sie wieder ins U-Tu System geführt.

Nir-Ân starrte auf den Hauptschirm. »Damit erübrigt sich wohl die Frage, wo wir sind. Wie sieht es mit der Energiereserve aus?«

»Nicht gut, Digîr«, sagte Pa-Shû. »Offenbar wurde dem Schiff bei der Durchquerung des Portals erneut sehr viel Energie entzogen. Ich weiß nicht wie, aber es ist eine Tatsache. Wir haben nur noch knapp acht Prozent.«

Nir-Ân schnalzte mit der Zunge. »Das wird nicht reichen bis N´Bir.«

»Nicht mit dem Anshar-Antrieb. Aber der Sublichtantrieb schafft es«, erwiderte Saî-Na.

»Dann sind wir *ziemlich* lange unterwegs«, sagte Nir-Ân. »Reichen die Vorräte dafür?«

Saî-Na wiegte mit dem Kopf hin und her. »Wenn wir sie strecken, ja. Aber dick werden wir sicher nicht werden auf dem Heimflug.«

Nir-Ân klopfte sich auf seinen Bauch und lachte leise. »Mir soll es recht sein.«

Er schaute erneut auf den großen Schirm. »Gut, dann los. Sublichtantrieb auf 0.8 und Kurs auf N´Bir. Nachricht an den Orden, dass wir unterwegs sind und die Mission erfolgreich abgeschlossen haben.«

»Kurs gesetzt, Digîr«, erwiderte Saî-Na und das Schiff beschleunigte Richtung Heimat.

Imperium Terekanum

Einhundert Jahre waren vergangen, seit die Sin-Ta das Auge des Q´l-Dun entdeckt und die Besatzung das Urlicht auf Mi-Ku IV befreit hatte. Einhundert Jahren, in denen die Daten der uralten Zivilisation, die sie mitgebracht hatten, analysiert und ausgewertet worden waren. Man fand Hinweise auf unglaubliche Technologien und sehr viel Wissen über die Fähigkeiten, die Nir-Ân, Saî-Na und Pa-Shû erhalten hatten. Noch hatte man für die meisten dieser Technologien nicht die Mittel. Doch auch das, was bereits anwendbar war, gab den Terekan einen gewaltigen technologischen Schub.

Das Wissen um die geistigen Fähigkeiten der Terekan wurde vom Orden geheim gehalten, denn es stellte sich heraus, dass beinahe jeder über die Anlagen dazu verfügte. Und so suchte man die potentiell fähigsten Individuen aus und integrierte sie in den Shaptû-Orden. Oft gegen deren Einwilligung. Auf diesem Wege gewann der Orden immer mehr Macht und auch großen politischen Einfluss.

Und so kam achtzehn Jahre später das, was viele befürchteten: Der Orden übernahm die Kontrolle über N´Bir und setzt den Ordensvorsteher Toras-Atû als „höchstes Licht" ein, als spirituellen Führer der Terekan. Die Militärregierung, die viele hundert Jahre den Planeten kontrolliert hatte, wurde entmachtet und die Kampfflotte dem Orden unterstellt.

Mit ihr auch das gesamte Personal und alle Schiffsführer. Darunter auch Digîr Nir-Ân.

U-Tu System, Planet Jupiter. 100 Jahre nach Rückkehr der Sin-Ta, 100/ZA1

Die Pak-Shân stoppte und bezog Position vor dem riesigen Objekt, das sich nahe dem Jupiter gegen das schwache Licht der fernen Sonne abzeichnete.
Sie war eines von siebzehn Kampfschiffen und bei Weitem nicht das Größte.
»Entfernung?«, fragte Nir-Ân.
»Etwa 160 Ku-La, Digîr«, erwiderte Saî-Na.

Nir-Ân war nach wie vor Kommandant der Pak-Shân, dem schweren Raumzerstörer, den er bereit vor seiner „Erleuchtung“ befehligt hatte. Nachdem die Flotte in den Orden integriert wurde, hatte sich Saî-Na auf sein Schiff versetzen lassen. Sie diente dort nun als Ordensnavigatorin und als erster Offizier und rechte Hand Nir-Âns. Zwar spürten die beiden nach wie vor eine enge Verbindung, doch ihre Stellung im Orden erlaubte es ihnen nicht, eine Beziehung mit einem anderen Mitglied des Ordens einzugehen. Obwohl sie nach dem Vorfall auf Mi-Ku IV eine sehr tiefe Freundschaft füreinander empfanden, hatten sie eine professionelle Distanz bewahrt. All die Jahrzehnte hindurch.

»Es ist so verflucht groß!«, bemerkte Nir-Ân kopfschüttelnd. »Selbst aus dieser Entfernung.«
»Was ein wenig gestohlene Technologie ausmachen kann«, bemerkte Saî-Na sarkastisch.

Sie hatte das Wissen der alten Zivilisation nie als Geschenk betrachtet, sondern als etwas, das ihrem Volk noch lange nicht zustand.
Doch sie fand sich damit ab, dass ihre Spezies nun einen völlig anderen Weg einschlagen würde, als sie es ohne dieses Wissen getan hätte. Das konnte sie fühlen.
»Bitte, Saî-Na«, erwiderte Nir-Ân. »Lassen wir das.«
Auch Nir-Ân war mit der Machtübernahme des Ordens nicht einverstanden gewesen und schon gar nicht mit der Integration aller Kampfverbände. Doch wie alle anderen musste auch er sich fügen.
»Dies ist die größte Errungenschaft unseres Volkes bisher. Und wir sind hautnah mit dabei«, fuhr er fort. »Hier wird ein neues Kapitel in der Geschichte der Terekan geschrieben.«
Die gesamte Brückenbesatzung schaute auf das riesige Objekt. Ein gewaltiger Ring aus einer besonderen Legierung, die in der Lage war, große Mengen Energie zu produzieren. Das Wissen um diese Legierung entstammte, wie vieles andere, dem Nachlass der Daten, die Nir-Ân und Saî-Na von dem dunklen Planeten mitgebracht hatten.
Der Ring hatte einen Durchmesser von beinahe zwanzig Kilometer und war selbst von hier, aus 400km Entfernung, noch sehr deutlich zu sehen. Er war exakt an der Stelle errichtet worden, wo sich das „Auge des Q´l-Dun“ befand. Das Portal nach Mi-Ku. Neben der Pak-Shân waren noch sechzehn weitere Schiffe in der Nähe.

Schwere und leichte Kampfschiffe und die „Shurpû“, das riesige Kommandoschiff von Toras-Atû, dem „Höchsten Licht“ der Terekan.
Die Schiffe hatten nur eine einzige Aufgabe: das Kommandoschiff zu schützen. Denn Toras-Atû war von Natur aus paranoid und fürchtete nichts mehr, als die Bedrohung der Sicherheit seines Volkes.
Und wer vermochte schon zu sagen, was passieren würde, wenn das „große Auge“ aktiviert wurde.

»Es ist so weit«, sagte Saî-Na, als die Energiekammern auf dem gewaltigen Ring anfingen zu leuchten. Alle schauten gespannt auf den Hauptschirm.
Eine Kammer nach der anderen wurde aktiviert und gab seine Energie an das Metall des Ringes ab. Insgesamt 2600 dieser Generatoren waren nötig, um die erforderliche Energie aufzubringen, die das Portal nach Mi-Ku öffnen und stabilisieren würde. Das „große Auge“, wie man den Portalgenerator getauft hatte, leuchtete immer stärker und bald war es so hell wie eine kleine Sonne. Dann gab es einen immensen Helligkeitsausbruch und die Mitte des Ringes wurde schwarz. Keine Sterne waren darin zu sehen: Es war der Subraum. Doch die „Sehenden“, wie man jene Terekan nannte, die mit ihrem Geist in dieses Nichts eindringen konnten, waren in der Lage, das gewaltige Geflecht der roten Fäden zu sehen, welches den Portalknoten bildete.

Anders als beim ersten Mal, gab es keine freien Fäden, die aus dem Gewirr in sämtliche Richtungen liefen. Alle waren diesmal mit dem Ring verbunden. Ein stabiles Portal in eine andere Welt, das beliebig aus- und wieder eingeschaltet werden konnte. Und durch das man ohne Anshar-Antrieb auf die andere Seite gelangte.
»Überaus beeindruckend«, entfuhr es Nir-Ân.
Dann kam über die Komm jenes Kommando, das zuvor abgesprochen worden war. Alle Waffensysteme wurden aktiviert und zielten auf das offene Portal.
Doch nichts geschah. Nach einer gefühlten Ewigkeit des Wartens erreichte der nächste Befehl die Flotte.
»In Ordnung«, sagte Nir-Ân. »Dann wollen wir mal.«
»Navigator, Kurs auf das Portal setzen. Halbe Kraft voraus.«
»Ja, Digîr«, erwiderte Saî-Na und beschleunigte das Schiff langsam.
Das Portal kam immer näher und auch die anderen Kampfschiffe waren auf dem Weg hindurch.
Nach und nach verschwanden sie im Dunkel des Subraumes. Die Pak-Shân bildete die Nachhut.
Ein kurzes Flackern des Lichtes und schon waren sie im Mi-Ku System ... und starrten ungläubig auf den Hauptschirm.
»Großer Schöpfer steh uns bei!«, rief Nir-Ân gedehnt aus.
Die gesamte Flotte hatte gestoppt. Vor ihr lag, in einiger Entfernung, eine gewaltige Ansammlung sehr fremdartiger Schiffe.

Es mussten tausende sein. Sofort ergingen hektische Befehle an die gesamte Flotte, die Waffen zu deaktivieren. Mit offenem Mund starrte die Brückencrew der Pak-Shân auf die beeindruckende Armada. Die größten Schiffe waren laut Sensoren fast zehn Kilometer lang und breit. Man hatte sie scheinbar erwartet.

Plötzlich knackte es in den Lautsprechern und alle Schiffe hörten eine helle krächzende Stimme.

Der Hauptcomputer übersetzte automatisch:

»Willkommen im Bishek-System. Wir sind die Sinsh und dies ist ein Teil unseres Hoheitsgebietes. Wir heißen euch herzlich willkommen, sind jedoch etwas besorgt aufgrund der Kampfeinheiten, die ihr hierher geführt habt. Was ist euer Begehr?«

»Das gibt es nicht!«, rief Nir-Ân. »Das ist die gleiche Stimme wie bei diesen aggressiven Weltraumwichteln damals!«

Saî-Na schluckte. »Nun, ich schätze, dass wir es jetzt mit der gesamten Wichtelflotte zu tun haben. Wollen wir hoffen, dass sie den Vorfall von damals vergessen haben, sonst wird dies ein sehr kurzer Besuch.«

Es erging der Befehl an die gesamte Flotte, die Position zu halten, während sich die Shurpû langsam nach vorne schob und kurz vor den fremden Schiffen stoppte.

»Jetzt bloß keinen Fehler machen, Toras!«, murmelte Nir-Ân angespannt. Er wusste, wie unberechenbar der spirituelle Führer war und er konnte nur hoffen, dass die Sinsh ein friedliebendes und nachgiebiges Volk waren.

Stunden vergingen, ohne, dass etwas geschah. Offenbar war ein offizieller Vertreter der Sinsh an Bord der Shurpû gekommen, um Verhandlungen aufzunehmen. Nach elf Stunden erging endlich der Befehl an die Flotte, durch das Portal zurückzukehren und nach N´Bir zu fliegen.

»Was hältst du davon, Digîr«, fragte Saî-Na.

Nir-Ân zuckte mit den Achseln. »Ich weiß es nicht. So wie ich Toras-Atû kenne, wird er das Beste für unser Volk herausgeschlagen haben. Und vermutlich noch ein wenig mehr. Doch scheinbar sind wir beide zu unwichtig, um es zu erfahren.«

»Du unterschätzt dich, Digîr«, erwiderte Saî-Na kopfschüttelnd. »Ich glaube, dass der Orden nicht auf dich verzichten kann, und dass das höchste Licht Großes mir dir vor hat.«

»Wir werden sehen«, entgegnete Nir-Ân. »Doch nun müssen wir erst einmal abwarten, was aus diesem Erstkontakt entsteht. Mich würde brennend interessieren, was es mit diesen seltsam aussehenden Schiffen auf sich hat. Sie sehen beinahe organisch aus. Die Scanner konnten ihre Hülle nicht durchdringen. Die schiere Menge der Schiffe hat mich sehr beeindruckt. Aber das war vermutlich auch die Absicht hinter diesem Empfangskomitee. Eine klare Botschaft, nicht auf dumme Ideen zu kommen.«

»Wie sie wohl aussehen?«, fragte Saî-Na.

»Die Sinsh? Klein und runzelig«, erwiderte Nir-Ân und lachte dann. »So wie Wichtel nun mal aussehen.«

»Sollten wir je die Gelegenheit haben, einen von ihnen zu treffen, nenn sie bitte nicht so«, gab Saî-Na lachend zurück.
»Ich kann dir nichts versprechen«, erwiderte Nir-Ân schulterzuckend.
Die ersten Schiffe hatten das Portal bereits passiert, als Nir-Ân das Gefühl hatte, eine Stimme zu hören. Er schaute seine Navigatorin an.
»Was ist mit dir, Digîr?«
»Ich bin nicht sicher. Ich dachte eben, ich hörte eine Stimme.«
»Ich habe nichts gehört, Digîr, tut mir leid. Und die Kanäle sind alle geschlossen.«
»Vermutlich hat ...«, fuhr Nir-Ân fort und stockte dann. Wieder hörte er eine Stimme, die seinen Namen rief. Diesmal etwas lauter. »Ist die Komm aus?«
»Komm ist aus, Digîr«, erwiderte sein Kommunikationsoffizier aus dem Hintergrund.
»Voller Stopp«, befahl der Kommandant.
»Digîr, die Flotte wartet auf uns, wir sind die Nachhut«, gab Saî-Na zu bedenken.
»Zur Kenntnis genommen, Saî-Na«, entgegnete Nir-Ân. »Einen Kanal zum Führungsschiff der Sinsh öffnen.«
»Offen, Digîr«, kam es von hinten.
»Hier spricht Nir-Ân, Kommandant des schweren Raumzerstörers Pak-Shân. Mit wem habe ich das Vergnügen.«

»*Mein Name ist Wo´in und du kannst dir die verbale Kommunikation sparen, ich spreche mit dir über deinen Geist*«, kam als Antwort. »*Nur du kannst mich hören.*«
»Digîr?«, fragte Saî-Na besorgt. »Alles in Ordnung?«
Nir-Ân nickte und hob die Hand, zum Zeichen, dass sie warten sollte.
»Womit kann ich dienlich sein, Wo´in von den Sinsh, und woher kennst du meinen Namen?«, wollte Nir-Ân wissen.
»Digîr, mit wem redest du?«, fragte Saî-Na wieder.
»Warte!«, erwiderte Nir-Ân leicht ärgerlich und schüttelte den Kopf.
»*Wir sind uns bereits begegnet, Terekan. Damals war ich noch ein Spross und unterwegs auf Patrouille, als dein kleines Schiff in unser System eindrang.*«
Nir-Ân stutze. Es war lange her, doch er erinnerte sich daran, als wäre es gestern gewesen. Er hatte das angreifende Schiff mit der Macht seines Geistes zerstört und erst sehr viel später herausgefunden, wie er das zustande gebracht hatte.
»Du warst auf dem Schiff damals?«, fuhr er fort. »Aber es wurde komplett zerstört.«

»Ja, Terekan. Das Schiff schon, aber unsere Körper konnten wieder hergestellt werden. Du weißt viele Dinge über unser Volk nicht. Doch du besitzt große Macht, Terekan. Eine gewaltige Macht, die dir noch nicht bewusst ist. Auch die Sinsh besitzen die Gabe, die ihr gerade erst entdeckt habt. Doch wir haben sie bereits vor Äonen gemeistert. Euer Volk ist noch jung und sehr aufstrebend. Zu *aufstrebend. Ich habe im Geiste eures Anführers gelesen. Er trägt viel Dunkelheit in sich. Ich muss euch warnen: Er könnte euer gesamtes Volk ins Verderben führen.«*

»Warum erzählst du mir das, Wo´in von den Sinsh?« Nir-Ân war es egal, dass nur er die Stimme hören konnte und wie seltsam sein Monolog auf die anderen wirken musste.

»*Weil du der Erste warst, der jemals einen Sinsh mit geistigen Kräften besiegt hat. Das hat uns sehr beeindruckt*«, fuhr die Stimme in seinem Kopf fort.

»*Wir erkennen ein machtvolles Schicksal in dir. Du wirst dereinst die Terekan in ein großes Zeitalter führen. Deswegen möchten wir dich warnen: Dein Volk ist in Gefahr. Und diese Gefahr geht von eurem Anführer aus. Bedenke meine Worte. Du hast einen schweren und gefahrvollen Weg vor dir. Doch du darfst nicht zögern, wenn dein Licht dir gebietet. Sprich mit niemandem darüber. Und denke immer daran: Nichts in diesem Universum ist so, wie es erscheint. Nun geht, ihr werdet erwartet. Wir werden uns wiedersehen, es steht in deinem Schicksal geschrieben. Lebwohl.*«

Ironischerweise klang die Stimme des Sinsh in seinem Geist sehr sanft und weise. Ganz anders als über die normale verbale Kommunikation. „Nichts ist so, wie es scheint“, hatte Wo´in gesagt. Vermutlich hatte er Recht.

»Kanal schließen«, befahl der Kommandant.

»Digîr, was war das eben?«, fragte Saî-Na.

Doch Nir-Ân wiegelte ab. »Nicht jetzt. Kurs auf das Portal und voller Schub. Lassen wir die anderen nicht zu lange warten.«

»Digîr!«, protestierte Saî-Na. »Kann ich dich bitte in deinem Quartier sprechen?«

Nir-Ân nickte. »Wa-Su«, sagte er und wandte sich seinem Kommunikationsoffizier zu. »Du hast die Brücke.«

»Sehr wohl, Digîr«, erwiderte Wa-Su und Nir-Ân und Saî-Na gingen in das Quartier des Kommandanten.

»Was, beim großen Schöpfer war das eben?«, fragte Saî-Na streng, als wäre Nir-Ân ihr Sohn. »Weißt du, wie das ausgesehen hat? Als hätte der Digîr seinen Verstand verloren! Du bist Oberbefehlshaber eines mächtigen Ordensschiffes und meine Aufgabe als deine rechte Hand ist es, dich und das Schiff vor Schaden zu bewahren. Was also ist da gerade eben passiert!?«

Nir-Ân packte seine Navigatorin sanft bei den Schultern. »Vertraust du mir?«

»Ob ich dir ...«, erwiderte Saî-Na aufgebracht und befreite sich auf seinem Griff.

»Natürlich vertraue ich dir, doch ich will wissen, was da eben geschehen ist. Du hast mit einem der Sinsh gesprochen und niemand hat ihn gehört! Weißt du, wie das auf die Crew gewirkt haben muss?«
»Ich bin der Digîr dieses Schiffes und ich bin niemandem Rechenschaft schuldig!«, entgegnete Nir-Ân eine Spur zu scharf.
»Verzeih mir«, fügte er seufzend hinzu. »Ich weiß selbst noch nicht, wie ich das einordnen soll.«
Er schaute kurz zu Boden. »Ja, ich habe mit dem Kommandanten der Sinsh-Flotte gesprochen, doch was er gesagt hat, war nur für meine Ohren bestimmt. Ich darf es dir nicht sagen, ohne dich in große Gefahr zu bringen.«
Saî-Na wurde langsam ungehalten. »In Gefahr zu bringen? Wovon redest du? Was hat dir dieses Wesen erzählt. Sprich!«
Nir-Ân schüttelte den Kopf. »Ich schwöre dir beim großen Schöpfer, dass ich es dir nicht erzählen kann. Ich würde es gerne, doch ich *kann* nicht. Die Zukunft unseres gesamten Volkes hängt von meinem Schweigen ab. Ich werde vermutlich einen Weg gehen müssen, der voller Gefahren ist und das nicht nur für mich alleine. Aber mehr kann ich dir wirklich nicht sagen, es tut mir leid. Bitte dringe nicht weiter in mich ein.«
Seine Worte klangen fast flehend und Saî-Na war voller Sorge. Doch sie nickte und ließ es gut sein. Fürs Erste.
Dann kam sie näher und lächelte ihn an.

»Mein geheimnisvoller Freund. Du sollst wissen, dass ich stets hinter dir stehe, egal welchen Weg du einschlagen wirst und egal wie gefahrvoll er auch sein mag. Ich hoffe, du weißt das.«

Nir-Ân nickte und lächelte ebenfalls.

»Aber ich glaube, das Schiff braucht einen Kommandanten. Kommst du auch mit?«, grinste sie und ging zurück zur Brücke.

U-Tu System, Asteroidengütel zwischen Mars und Jupiter. Sechs Monate später.

Das kleine, fremdartig aussehende Schiff näherte sich langsam dem großen Brocken, der im Sonnenlicht glänzte. Es war einer der wenigen Asteroiden, die fast zur Gänze aus Metall bestanden. Ein Bruchstück des Planeten, der vor langer Zeit hier auseinandergebrochen war. Das Objekt war nicht sehr groß, lediglich acht Kilometer im Durchmesser. Doch es war perfekt für den Plan, den das Wesen verfolgte, welches das Schiff steuerte. Die in einen schwarzen Umhang gehüllte Gestalt schaute aus dem vorderen Fenster. Immer wieder blitzten Sonnenstrahlen auf, die vom metallischen Himmelskörper reflektiert wurden. Als das Schiff nahe genug war, übergab der Pilot die Steuerung an den Bordcomputer und lehnte sich zurück.

Wie in Zeitlupe senkte sich das Schiff dem Boliden entgegen und landete mit sanfter Präzision. Große Metallstäbe fuhren aus dem Rumpf und bohrten sich tief in die harte Oberfläche. Dann fingen die Stäbe an zu glühen und verschmolzen langsam mit dem Metall des Untergrundes.

Das Schiff war nun untrennbar mit dem Asteroiden verbunden. Ein Programm startete und nach einigen Berechnungen des Computers wurden die Triebwerke aktiviert.

Das Wesen schaute auf den Schirm und betrachtete die vorausberechnete Flugbahn.

Es war eine langgezogene Kurve und sie führte halb um die Sonne herum. Direkt in die Umlaufbahn von N´Bir.

Das Schiff beschleunigte und kurz darauf öffnete sich ein Portal und verschluckte es samt dem Asteroiden.

U-Tu System, Planet Venus. Wenige Minuten später.

Die schweren Orbitalgeschütze feuerten ohne Unterlass, doch die Treffer hatten keine Wirkung, obwohl die Energie der Orbitalgeschütze ausreichte, einen schweren Zerstörer in der Mitte zu zerteilen.
Das Objekt war vor wenigen Minuten wie aus dem Nichts aufgetaucht. Nur knapp 100.000km vom Planeten entfernt. Niemand hatte es kommen sehen. Nach kurzer Analyse hatte der globale Verteidigungscomputer das Objekt als Asteroiden auf Kollisionskurs identifiziert und alle Orbitalgeschütze das Feuer eröffnen lassen um ihn zu zerstören. Doch er war zu massiv. Und er verhielt sich nicht wie ein normaler Asteroid, denn er reagierte auf das Abwehrfeuer und wich immer wieder aus. Zudem war er erstaunlich langsam für einen kosmischen Brocken. Dennoch würde das Objekt in weniger als 18 Stunden auf dem Planeten einschlagen. Mit katastrophalen Folgen.
Mittlerweile war ein Abfanggeschwader von der nächstgelegenen Orbitalstationen gestartet und hatte Kurs auf den Asteroiden genommen.

»Hier Staffelführer Rot. Formation halten und in den Kurs des Objektes einschwenken.«
Die vier anderen Schiffe bestätigen.
Es waren kleine Abfangjäger der Pitu-Klasse, nur leicht bewaffnet, aber sehr schnell.

Sie bezogen Position hinter dem Asteroiden und passten ihre Geschwindigkeit an ihn an. Die Orbitalgeschütze hatten aufgehört zu feuern, um die Jäger nicht zu gefährden.

»Rot drei und vier«, rief der Staffelführer. »Scheinwerfer an und Objekt umrunden und scannen. Lasst uns sehen, womit wir es hier zu tun haben. Rot zwei und ich bleiben hier und geben euch Rückendeckung.«

»Verstanden Rot eins«, bestätigen die beiden Schiffe.

Die Abfangjäger beschleunigten und begannen, den Asteroiden zu untersuchen. Plötzlich erfassten die Scheinwerfer ein kleines fremdartiges Objekt auf der Oberfläche. Keine zwanzig Meter im Durchmesser.

»Hier ist Rot drei. Könnt ihr das sehen?«

»Ja, wir haben es auf dem Schirm«, erwiderte der Staffelführer.

Dann aktivierte er einen Kanal ans Orbitalkommando.

»Hier Führer Staffel Rot. Wir haben ein Objekt gefunden, das scheinbar mit dem Asteroiden verbunden ist. Ich übermittle die Daten und erwarte weitere Befehle.«

»Daten empfangen, Rot eins, bitte warten. Analyse erfolgt«, antwortete eine weibliche Stimme.

Nach wenigen Minuten meldete sich die Stimme erneut. »Der Computer hat das Objekt als Sinsh-Schiff klassifiziert. Sie haben Befehl, es umgehend zu zerstören.«

»Bestätigt«, antwortete der Staffelführer. »Ihr habt es gehört. Rot zwei bis vier, Feuer frei.«

Auch der Staffelführer flog auf das kleine Objekt zu und eröffnete wie die anderen Jäger das Feuer. Die leichten Plasmawerfer hatten jedoch nicht viel Wirkung auf das kleine Schiff. Es wurde zwar getroffen, doch ohne Schaden anzurichten. Die Hülle des Schiffes verschluckte die Energie einfach.
»Keine Wirkung«, rief Rot eins über Komm. »Feuer einstellen.«
»Orbitalkommando, unsere Waffen sind wirkungslos. Wir benötigen Unterstützung.«
»Bestätigt, Rot eins. Die Pak-Shân ist gerade auf dem Weg hierher und wird euch in Kürze erreichen. Stellung am Objekt halten und Veränderungen sofort melden.«
»Verstanden, Orbitalkommando. Rot eins Ende.«

Die Pak-Shân war gerade von einem Inspektionsflug im Bel-Gal Sektor zurückgekehrt und hatte die Dringlichkeitsorder des Flottenkommandos erhalten. Nun war sie mit Höchstgeschwindigkeit auf dem Weg nach N´Bir.
»Ich kann noch immer nicht glauben, was da gerade passiert«, sagte Nir-Ân kopfschüttelnd.
»Welch einen Grund sollten die Sinsh haben, uns anzugreifen? Und dann auf diese Art und Weise? Wie lange noch bis zum Ziel?«
»Es wird knapp, Digîr«, sagte Saî-Na. »Wir werden nicht mehr viel Zeit haben, etwas zu unternehmen.«
»Kannst du noch mehr aus dem Antrieb rausholen?«
»Nein, Digîr, wir fliegen bereits mit Höchstgeschwindigkeit und Hilfsenergie.«

»Alle Hilfssysteme abschalten und zum Antrieb transferieren. Lebenserhaltung auf ein Minimum drosseln und künstliche Schwerkraft deaktivieren. Anschnallen!«, befahl Nir-Ân.

Er aktivierte einen schiffsweiten Kanal. »Achtung. Hier spricht der Digîr. Alle sofort an eine sichere Position begeben und anschnallen. Die künstliche Schwerkraft wird in wenigen Augenblicken deaktiviert. Alle losen Gegenstände sichern.«

Er nickte Saî-Na zu und nahm Platz auf dem Kommandosessel. Die restliche Brückenbesatzung hatte sich bereits hingesetzt und angeschnallt.

Dann wurden die Hilfssysteme heruntergefahren und die Schwerkraft setzte aus.

Eine vergessene Handkonsole schwebte durch den Raum und stieß gegen die Wand.

»Neue Ankunftszeit?«

»Jetzt 1.3 B´ar, Digîr«, antwortete Saî-Na.

Nir-Ân nickte. »Gut. Das sollte uns genügend Zeit zum Handeln geben.«

Nir-Ân sah nachdenklich auf den Hauptschirm und verschränkte seine Arme vor der Brust. »Was denkst du, Digîr«, fragte Saî-Na.

Er schaute sie von der Seite an. »Ich kann nicht glauben, dass die Sinsh das getan haben. Sie haben eine gewaltige Flotte. Warum sollten sie uns einen Asteroiden schicken? Das ergibt einfach keinen Sinn!«

»Wir kennen die Sinsh nicht«, erwiderte Saî-Na. »Wir wissen nicht, wie sie denken und welche Moralvorstellungen und Motivationen sie haben.«

Nir-Ân schüttelte den Kopf. »Nein, ich war mit ihrem Anführer verbunden. Ich spürte keine Falschheit in ihm. Im Gegenteil: Ich fühlte Wohlwollen und Sorge in seinem Geist. Nein, Saî-Na, hier stimmt etwas nicht. Und ich werde herausfinden, was es ist!«

Knapp zwei Stunden später sprang die Pak-Shân aus dem Subraum. Das große Schiff wurde langsamer, bis es sich der Geschwindigkeit des Asteroiden angepasst hatte. Die Hilfssysteme wurden wieder hochgefahren und die künstliche Schwerkraft übernahm erneut das Schiff.

»Hier Führer Staffel Rot, herzlich willkommen Pak-Shân. Ihr kommt im rechten Moment!«

»Hier spricht Digîr Nir-Ân. Zieht euch zurück, wir beginnen mit dem Beschuss des Objektes.«

»Verstanden Digîr«, erwiderte der Staffelführer und befahl seinem Geschwader den Rückzug.

»Gefechtsalarm!«, rief Nir-Ân und Saî-Na aktivierte den schiffsweiten Alarm, der nun durch alle sieben Decks hallte.

Die Pak-Shân ging längsseits zum Asteroiden, um ein freies Schussfeld zu haben.

»Feuern, wenn bereit«, befahl Nir-Ân.

Fünfzehn leichte und schwere Plasmawerfer starteten ein mörderisches Trommelfeuer auf das Objekt, doch so wie es schien, erzielten sie keinerlei Schaden an dem kleinen Schiff.

»Digîr«, sagte Saî-Na. »Das Schiff scheint eine Art Energieschild um sich gelegt zu haben. Alle Treffer werden in den Asteroiden abgelenkt.«

Nir-Ân verzog anerkennend das Gesicht. »Wollen wir doch mal sehen, was es so aushält. Dauerfeuer, Antriebsenergie in die Waffen umleiten!«
Wieder feuerte das Schiff Salve um Salve und langsam begann das Material um das Schiff herum zu glühen. Nach einigen Minuten war der Asteroid rund um das Schiff so weit aufgeheizt, dass die Oberfläche aufschmolz.
»Unglaublich, was dieses kleine Schiff wegsteckt!«, rief Saî-Na erschüttert. »Was mögen dann die Großen erst aushalten. Ich hoffe, dass es niemals zu einem Krieg mit ihnen kommen wird!«
»Ich glaube, den haben wir bereits«, erwiderte Nir-Ân ernst.
»Torpedos! Einen vor den Bug und einen hinter das Heck des Schiffes!«
Die Raumtorpedos der terekanischen Kampfschiffe waren mit Nuklearsprengköpfen ausgestattet, die eine Sprengkraft von mehreren Kilotonnen hatten. Genug, um im Ernstfall auch ein großes Schiff schwer zu beschädigen.
»Feuer!«
Links und rechts des Schiffes verließen zwei Raketen das untere Deck und schlugen kurz darauf auf dem Asteroiden ein. Ein greller Lichtblitz setzte kurz den Schirm außer Kraft, doch nach wenigen Herzschlägen kam das Bild zurück.
»Bericht!«
»Das Schiff ist äußerlich unbeschädigt, Digîr!«, sagte Saî-Na kopfschüttelnd.

»Doch es wurde vom Asteroiden weggesprengt. Es treibt antriebslos dahinter. Laut Scanner ist jedoch sein Schutzschild zusammengebrochen.«
»Plasmawerfer! Volle Salve!«
Wieder eröffneten die leichten und schweren Werfer das Feuer auf das kleine Schiff. Schon bei der ersten Salve explodierte es in einem Feuerball und verging.
»Kanal öffnen!«, befahl Nir-Ân.
»Offen«, erwiderte der Kommunikationsoffizier.
»Nir-Ân an Orbitalkommando. Das Schiff ist vernichtet, aber der Asteroid ist noch immer auf Kurs. Er gehört euch! Ich werde das Feuer von der Seite aus unterstützen. Vielleicht können wir ihn soweit aufheizen, dass er zerbricht. Das würde den Schaden zwar verteilen, aber die meisten Stücke würden vermutlich in den Ozean fallen. Für eine Ablenkung ist es bald zu spät. Es sei denn jemand kennt die Komm-Signatur des großen Schöpfers und kann ihn um Hilfe bitten!«
»Verstanden Digîr. Zieht euch zurück, wir eröffnen das Feuer. Orbitalkommando Ende«, erwiderte eine weibliche Stimme.
Die Pak-Shân drehte ab und bezog zehn Kilometer neben dem Asteroiden Begleitposition. Die dreizehn Orbitalgeschütze in Reichweite fingen erneut mit dem Beschuss an. Auch Nir-Âns Schiff feuerte alle Waffen auf den Boliden ab, auch alle Raumtorpedos.
»Es funktioniert nicht, er heizt sich zu langsam auf«, sagte Saî-Na.
»Verdammt!«, erwiderte Nir-Ân. »Orbitalkommando, sind noch weitere Schiffe in der Nähe?«

»Keines, das hilfreich wäre, Digîr«, kam es aus den Lautsprechern.
»Wie lange noch, bis zum Punkt Null?«
»Unseren Berechnungen nach, noch sieben B´ar«, war die Antwort.
Das bedeutete, dass der Asteroid in knapp elf Stunden so nah am Planeten war, dass er mit keinen Mitteln mehr umgelenkt werden konnte.
»Digîr, ich habe die Masseberechnungen des Asteroiden«, mischte sich Saî-Na mit bedrückter Stimme ein. »Wie verfügen nicht über die Mittel, ihn in dieser Zeit soweit abzulenken, dass er aus dem Gravitationsfeld von N´Bir entkommt. Den Berechnungen nach, bräuchten wir dazu mehr als eintausend Raumtorpedos.«
Sie schaute traurig zu Boden. »Er wird einschlagen«, fügte sie leise hinzu.
»Noch geben wir nicht auf. Wir haben noch etwas Zeit, Saî-Na!«
Saî-Na schüttelte traurig den Kopf. »Digîr, es ist zwecklos.«
»Nein! Das ist es *nicht*!«, polterte Nir-Ân und warf seine Handkonsole in die Ecke. Plötzlich schaute er ruckartig zum Fenster und schien angestrengt zu überlegen.
»Digîr?«, fragte Saî-Na.
Nir-Ân zuckte zusammen, als hätte man ihr bei etwas Verbotenem erwischt. Er schaute auf, eilte zur Komm-Station und schob seinen Kommunikationsoffizier unsanft zur Seite.
»Saî-Na, Evakuierungsalarm!«

Erschüttert gab die Navigatorin den Alarm frei und sofort hallte eine Sirene durch das Schiff. Das Zeichen, die nächste Rettungskapsel aufzusuchen.
Nir-Ân öffnete einen schiffsweiten Kanal.
»Achtung: Hier spricht der Digîr. Sofortige Evakuierung des gesamten Schiffspersonals. Dies ist keine Übung. Ich wiederhole: sofortige Evakuierung. Dies ist keine Übung.«
Die gesamte Brückencrew lief zum Ausgang, doch Saî-Na blieb stehen und schaute Nir-Ân traurig an. »Ich weiß, was du vorhast, du willst das Schiff gegen diesen Asteroiden fliegen. Doch die Energie wird nicht ausreichen, um ihn abzulenken.«
»Das lass meine Sorge sein. Du musst nun aufbrechen, ich kann nicht mehr lange warten.«
»Nein«, sagte Saî-Na kopfschüttelnd. »Ohne dich gehe ich nirgendwo hin. Außerdem brauchst du mich.«
Nir-Ân musste lächeln. »Ich bin froh, dich an meiner Seite zu haben. Geh und zieh deinen Raumanzug an. Wir werden einen kleinen Spaziergang machen.«
Saî-Na schaute ihn fragend an und befolgte dann seinen Befehl. Nir-Ân zog ebenfalls Anzug und Helm an.
»Haben alle das Schiff verlassen?«, wollte er wissen.
»Ja Digîr, alle Kapseln sind draußen. Außer unsere beiden.«
»Wir werden sie nicht benötigen«, sagte Nir-Ân selbstsicher. »Programmiere einen Abfangkurs direkt ins Zentrum des Asteroiden.«
»Kurs gesetzt, Digîr.«

»Anshar-Antrieb aktivieren. Voller Schub. Alle Systeme herunterfahren und Energie in den Antrieb umleiten.«
Saî-Na sah Nir-Ân fassungslos an. »Du willst den Asteroiden im Subraum rammen? Wir wissen nicht, was dabei passiert, es könnten den ganzen Sektor vernichten! Digîr, bitte tu das nicht!«
»Wir haben keine andere Wahl. Wenn dieser Brocken einschlägt, wird es viele Millionen Tote geben!«
»Und so könnten es noch viel mehr werden, Digîr! Wir wissen nicht, welchen Effekt es auf das Gewebe des Subraumes haben würde!«
Nir-Ân schüttelte den Kopf. »Mein Entschluss steht fest. Antrieb aktivieren. Ich befehle es dir nicht. Aber ich bitte dich darum.«
Saî-Na sah ihn an. Tränen liefen über ihre Wangen. »Ich versprach, dir auf jedem Weg zu folgen, den du gehen wirst. Und wenn es sein muss, auch in den Tod.« Dann ging sie zur Konsole, um den Antrieb zu aktivieren.
Doch genau in diesem Moment, meldete sich eine Stimme über die Komm: »Achtung, Pak-Shân. Hier spricht Digîr-Gal Lo-Sha an Bord der Shurpû. Aktion sofort abbrechen. Dies ist ein Befehl des Höchsten Lichtes!«
Direkt in Flugbahn zum Asteroiden war Toras-Atûs gewaltiges Flaggschiff aus dem Subraum gesprungen.
»Wo kommen die denn plötzlich her?«, rief Nir-Ân überrascht. »Kanal öffnen!«
Saî-Na atmete erleichtert aus und stellte die Kommunikation her.

»Hier spricht Digîr Nir-Ân. Was verschafft uns die Ehre? Wir wollten gerade diesen Metallklumpen dort draußen in Stücke sprengen.«
»Wir übernehmen, Pak-Shân. Danke für eure Unterstützung. Wir werden es gerade noch rechtzeitig schaffen. Shurpû Ende«, hörten sie die Stimme des Flottenkommandanten.
Nir-Ân und Saî-Na sahen sich an. »Und spätestens hier wird es merkwürdig«, sagte Nir-Ân und legte den Kopf schief.
Saî-Na schüttelte verwundert den Kopf. »Ich verstehe nicht ganz, was hier geschieht. Wo ist die Shurpû so plötzlich hergekommen? War sie die ganze Zeit im Subraum? Was geht hier vor?«
»Das werden wir vermutlich gleich erfahren!«, erwiderte Nir-Ân und schaute aus dem Fenster.
Die Shurpû näherte sich dem Asteroiden und eröffnete das Feuer aus allen Waffen. Ihre einhundert leichten und schweren Plasmawerfer heizten den Asteroiden schnell auf, und als er nach einigen Minuten rot glühte, setzte das gewaltige Schiff seine Hauptwaffe ein: das NOVA-Geschütz. Es war in der Lage, sämtliche Schiffsenergie in einem einzigen Strahl zu bündeln und auf ein Ziel zu lenken. Genug, um einen kleinen Mond zu sprengen.
Nur ein Bruchteil eines Herzschlages später erreichte der Strahl den glühenden Asteroiden und zerfetzte ihn in Millionen kleiner geschmolzener Stücke, die mit hoher Geschwindigkeit in alle Richtungen davon drifteten.

»Gepriesen sei der große Schöpfer!«, sagte Nir-Ân, doch es schwang ein Hauch von Sarkasmus in seinen Worten. »Es ist vorbei, Digîr. Wir sollten froh sein!«, entgegnete Saî-Na überrascht.

Nir-Ân lachte freudlos. »Bin ich der Einzige, dem das seltsam vorkommt? Ich meine ... alle versuchen, den Planeten zu retten und als alles verloren scheint, kommt der große Herrscher in seinem glänzenden Schiff und rettet sein gesamtes Volk vor dem sicheren Untergang. Wie in einem perfekten Theaterstück.«

»Du glaubst, das Ganze war inszeniert?«, fragte Saî-Na fassungslos.

»Bete, dass ich mich irre«, erwiderte Nir-Ân ernst.

U-Tu System, Planet Venus. Orbitalstation 4. Achtzehn Stunden später.

»Hier Raumzerstörer Pak-Shân. Wir bitten um Andockerlaubnis«, rief der Kommunikationsoffizier über Funk.

»Gewährt, Pak-Shân. Plattform zwei ist eure. Willkommen zu Hause«, erwiderte die Stimme aus der Station.

Die Steuerdüsen brachten das Schiff längsseits der großen Orbitalstation und langsam senkte es sich auf die ihm zugewiesene Plattform. Die kugelförmige Station war drei Kilometer im Durchmesser und verfügte über insgesamt achtzehn Landeplattformen für kleine und mittlere Schiffe und drei Andockrampen für schwere Kriegsschiffe. Mit einer Länge von siebzig Metern passten die schweren Raumzerstörer gerade noch auf einer der Plattformen.

Die Halteklammern fuhren aus und arretierten das Schiff sicher am Boden. Ein Zugangstunnel fuhr langsam in Richtung Hauptschott und stelle eine Verbindung her. Die Mannschaft konnte das Schiff nun verlassen. Für seine Verdienste bei der Rettung des Planeten, war jedem Besatzungsmitglied eine Woche Freizeit gewährt worden.

Auch den Offizieren. Die Pak-Shân wurde in dieser Zeit neu bestückt und gereinigt. Da Außen-Freizeit auf einem Schiff der Flotte extrem selten war, freute sich natürlich jeder darüber.

Selbst Nir-Ân war für die Auszeit dankbar, auch wenn er gedachte, sie auf eine ganz besondere Art und Weise zu nutzen.
Doch zuvor mussten er und seine Offiziere zu einer öffentlichen Anhörung und Ordensverleihung antreten.
Das höchste Licht hatte die Absicht, die „Rettung des Planeten" gebührend zu feiern. Für Nir-Ân hatte dies einen sehr schalen Beigeschmack. Doch bi dahin hatten sie noch etwas Zeit und die wollten Nir-Ân und Saî-Na gemeinsam auf der Oberfläche verbringen.
Nachdem sie in das Shuttle gestiegen waren, das sie zum Planeten hinunter bringen würde, erhielt Nir-Ân eine persönliche Nachricht über seinen Kommunikator.
Es war Pa-Shû. »Na das nenn ich mal eine Überraschung«, sagte Nir-Ân. Saî-Na schaute ihn neugierig an.
»Pa-Shû will sich mit uns treffen.«
»Oh, das ist schön, wir haben schon ewig nichts mehr von ihm gehört, seit er zum Spezialagenten befördert wurde«, erwiderte Saî-Na erfreut.
»Hm...«, machte Nir-Ân. »Es ist schon seltsam, dass er sich gerade jetzt meldet. Und noch seltsamer ist der Ort, an dem er sich mit uns treffen will: in Shurak, im Suk-Suk.«
Saî-Na schaute verblüfft. »Im Raumhafen der Erzhändler? Da war ich schon ewig nicht mehr.

Das letzte Mal war ich noch Navigatorin auf der Ri-Na, einem altersschwachen Erztransporter der Mash-Gilde.
Und das letzte Mal, als ich im Suk-Suk war, wurde ich verhaftet, weil ich drei Ladern das Kinn gebrochen habe.«
Nir-Ân lachte. »Schade, dass wir uns damals noch nicht kannten. *Diese* Saî-Na hätte ich gerne einmal getroffen.«
»Ha!«, machte Saî-Na. »Eine griesgrämige, übellaunige, eiskalte Diva, die niemanden an sich herangelassen hat, es sei denn zum Kampf. Glaube mir, du hast nichts verpasst.«
»Dann bin ich froh, dass sich das geändert hat«, erwiderte Nir-Ân lächelnd, als das Zeichen zum Anschnallen kam, denn das Shuttle trat gerade in die Atmosphäre des Planeten ein.
Sie wurden heftig durchgeschüttelt und Saî-Na schrie spielerisch wie ein kleines Mädchen auf.
Nir-Ân lachte. So ausgelassen hatte er seine beste Freundin schon lange nicht mehr erlebt. Er hoffte, dass dies noch eine Weile so bleiben würde.

Auf der Oberfläche angekommen, bestiegen sie das nächste Shuttle nach Shurak. Die Sonne stand tief am Horizont, als sie zwei Stunden später die große Stadt erreichten. In wenigen Tagen würde sie untergehen und die 58 Tage anhaltende Lichtphase des Planeten würde enden und der 58 Tage langen Dunkelphase weichen. Bald war der tiefste Stand der Sonne erreicht und das Dimmerfest würde gefeiert.

Diese Zeit der Dämmerphase, die vier Tage dauerte, brachte den Himmel durchgehend zum Glühen.
Durch die stets staubbeladene Luft war der gesamte Horizont in ein spektakuläres Leuchten aus Rot und Orange getaucht. Schon von Weitem waren davor die hohen und schlanken Behausungen zu sehen, die vor allem von Schiffsbesatzungen und Frachtarbeitern bewohnt wurden, wobei die Besatzungsmitglieder der Schiffe stets oben wohnten.
Die höchsten dieser weißen Bauwerke waren 800m hoch und reichten bis in die tief hängenden Wolken.
Shurak zählte mit ihren knapp 400.000 Einwohnern zu einer der größeren Städte auf N´Bir und lag am südlichen Rand des nördlichen Kontinentes, nahe dem großen Ozean.
Von hier aus wurden die meisten Waren und Rohstoffe verteilt, welche die Handelsflotte aus den äußeren Bereichen des Sonnensystems herbrachte, vor allem aus dem Jupitersektor und dem Asteroidengürtel.
Saî-Na seufzte. »Ich hatte vergessen, wie schön U-Tu ist, wenn sie gerade untergeht.«
»Ja«, erwiderte Nir-Ân. »Es ist schon eine Weile her, dass ich sie so gesehen hab. Durch den Staubschleier und in diesen leuchtenden Farben. Fast sieht sie aus wie das Auge des Q´l-Dun.«
Saî-Na nickte nachdenklich. »Was er uns wohl zu berichten hat?«
»Pa-Shû?«, fragte Nir-Ân. »Das werden wir bald erfahren, nehme ich an.«

Nachdem das Shuttle gelandet war, bestiegen sie ein „Mu-Shu“, wie man die automatischen Taxis nannte, die man an jeder Ecke finden konnte. Nir-Ân gab das Ziel ein und lautlos glitt das Gefährt durch die schon in Dunkelheit liegenden Straßen der Stadt, Richtung Suk-Suk, der Bar „am Ende der Welt“.

U-Tu System, Planet Venus. Shurak, Suk-Suk Bar.
Wenige Minuten später.

Nir-Ân und Saî-Na hatten lange Umhänge übergezogen und ihre Kapuzen verdeckten ihre Gesichter. Es war besser, wenn sie nicht erkannt wurden. So fielen sie auch nicht auf, denn viele der Besucher waren so gekleidet.
Die große Bar war stickig und düster und es stank nach billigem Alkohol und starkem Bier. So wie es die Besucher liebten. Harte Musik drang aus den großen Lautsprechern an der Decke.
Sie schauten sich kurz um und sahen dann Pa-Shû, der alleine in einer der vielen Nischen saß, in die sich Paare zurückziehen konnten um ein wenig mehr Privatsphäre zu haben.
Sie nahmen wortlos an seinem Tisch Platz und warteten.
»Ich grüße euch, meine Freunde. Es ist lange her, dass wir uns gesehen haben«, begrüßte sie Pa-Shû, ohne aufzublicken.
»Wir freuen uns, dich zu sehen, alter Freund«, erwiderte Saî-Na leise.
»Der Anlass unseres Treffens ist mir nicht bekannt, mein Freund. Das macht mir ein wenig Sorgen«, erwiderte Nir-Ân.
Pa-Shû nickte. »Leider *ist* er vermutlich auch sehr besorgniserregend. Ihr wart dabei. Bitte erzählt mir alles über den Asteroiden-Zwischenfall.«

Nir-Ân und Saî-Na berichteten kurz und leise, was sich zugetragen hatte, ohne, dass Pa-Shû Zwischenfragen stellte. Auch ihre Zweifel am Hergang des Geschehens drückte Nir-Ân deutlich aus.
»So, wie ich es mir dachte«, nickte Pa-Shû, nachdem die beiden den Bericht beendet hatten.
»Was genau geht hier vor, Pa-Shû?«, fragte Nir-Ân. »Ich denke, dass hier so einiges nicht mit rechten Dingen zugeht. Alles lief viel zu glatt und das Ganze erschien mir nur allzu sehr inszeniert.«
Pa-Shû nickte. »Was ich euch jetzt sage, meine Freunde, wird mich mein Leben kosten, wenn es bekannt wird. Daher bitte ich euch, im Namen unserer alten Freundschaft, Stillschweigen darüber zu bewahren. Zumindest solange, wie ihr es verheimlichen könnt.«
Er machte eine kurze Pause, als eine sehr knapp bekleidete Frau zu ihrem Tisch kam und Getränke brachte.
Pa-Shû nickte dankend und fuhr dann fort. »Was wisst ihr über Projekt *Gibil*?«
»Projekt Gibil?«, wiederholte Nir-Ân. »Nie gehört.« Auch Saî-Na schüttelte den Kopf.
Pa-Shû nickte erneut. »Habt ihr euch bislang noch nicht die Frage gestellt, warum der Planet Bel-Mar zum militärischen Sperrgebiet erklärt wurde und die Handelsflotte dort nicht mehr landen darf?«

»Angeblich eine Sanktion wegen des massiven Schmuggels«, erwiderte Nir-Ân. »Aber nachdem du es erwähnt hast, nehme ich an, dass dies eine Lüge war.«
»Das war es«, entgegnete Pa-Shû. »In Wahrheit wurde auf Bel-Mar in den letzten zwanzig Zyklen eine Schiffswerft gebaut, in der ein neuer Typ Kampfschiff entwickelt und produziert wurde. Bislang wurden über einhundert davon hergestellt. Dieses Kampfschiff basiert auf den neusten Erkenntnissen der Daten, die wir damals mitgebracht hatten und es verfügt über neuartige Waffen, die den Derzeitigen bei Weitem überlegen sind.«
Saî-Na schüttelte ungläubig den Kopf. »Aber so eine große Basis hätte man doch schon aus dem Orbit bemerkt.«
»Nein«, sagte Pa-Shû. »Die neuen Kampfschiffe sind sehr klein. Es sind modifizierte Langstreckenjäger, die mit drei schweren Plasmawerfern ausgestattet sind und zehn kleine Raumtorpedos tragen können, die über einen Sprengkopf verfügen, der einhundert mal stärker ist, als der unserer Standardtorpedos. Mit einem einzigen könnte selbst ein schwerer Kampfkreuzer komplett vernichtet werden. Drei dieser Jäger könnten im Alleingang unsere gesamte Flotte auslöschen. Die Shurpû wiederum wurde so umgerüstet, dass sie all diese Jäger tragen kann.«

»Hm!«, macht Nir-Ân. »Das klingt mir sehr nach einer Angriffsflotte. Und nachdem die Sinsh uns angeblich so hinterlistig überfallen haben, ist das Ziel dieser neuen Flotte wohl auch schon deutlich ausformuliert. Unser *geliebter* Anführer will uns in einen interplanetaren Krieg zwingen. Und diese Jäger sollen als Erstschlagwaffe dienen. Sehe ich das so in etwa richtig?«

»Ja, mein Freund«, entgegnete Pa-Shû. »Ich teile deine Ansicht.«

»Das bedeutet«, warf Saî-Na ein, »dass der Zwischenfall mit dem Asteroiden vorgetäuscht war, damit wir einen Grund haben, die Sinsh anzugreifen? Toras-Atû muss den Verstand verloren haben!«

»Nein«, erwiderte Pa-Shû. »Es ist weitaus schlimmer. Er ist größenwahnsinnig geworden. Verdorben von der Macht, die *wir* ihm geliefert haben. Wenn wir die Sinsh nicht beim ersten Angriff besiegen können, werden sie uns vernichten und vermutlich unseren Planeten gleich mit. Vorbeugend sozusagen.«

»Können wir etwas tun, um den Angriff zu verhindern?«, fragte Saî-Na.

Pa-Shû schüttelte den Kopf. »Nein, wir haben weder die Mittel noch die Macht, das höchste Licht zu stürzen. Selbst wenn wir die gesamte Flotte hinter uns hätten, was ich sehr bezweifle, würden alleine diese Jäger ausreichen, um uns zu vernichten.«

»Können wir die Sinsh nicht warnen?«, entgegnete Saî-Na.

»Und unsere eigenen Leute und die gesamte Flotte in den sicheren Untergang führen?«, erwiderte Nir-Ân. »Nein, das wird so nicht funktionieren. Zudem wir das große Auge nicht benutzen können, ohne Verdacht zu erregen.«

»Ich sehe es so wie Nir-Ân«, sagte Pa-Shû. »Ich denke nicht, dass wir es abwenden können, ohne die gesamte Flotte zu gefährden.«

»Weiß sonst noch jemand davon, Pa-Shû?«, fragte Saî-Na.

»Nein, ihr seid die Einzigen, mit denen ich darüber gesprochen habe. Natürlich wissen die, die an den neuen Schiffen gearbeitet haben davon. Aber nicht, dass der Angriff der Sinsh in Wirklichkeit vom Orden selbst durchgeführt wurde, um einen Kriegsgrund zu liefern.«

»Was tun wir nun mit diesem Wissen?«, fragte Nir-Ân.

»Erst einmal nichts«, erwiderte Pa-Shû. »Morgen ist die Zeremonie, in der ihr alle geehrt werdet und in der Toras-Atû seine Ansprache an das Volk hält. Ich glaube, dass nach der Rede sehr viel klarer sein wird, worum es hier geht. Haltet die Augen und Ohren offen und glaubt nichts, was ihr von unserem Anführer hört.«

»Das tue ich schon lange nicht mehr, mein Freund«, entgegnete Nir-Ân und Pa-Shû nickte.

U-Tu System, Planet Venus. Hauptstadt Sippar. Hoher Tempel. Dimmerfest. Dreizehn Stunden später.

Toras-Atû hatte das „Puhrum“ einberufen, die Hauptversammlung aller wichtigen Terekan. Alle waren gekommen. Auch die Kommandeure und Oberbefehlshaber der Flotte. Die Versammlung wurde live ausgestrahlt und jeder auf dem Planeten und in der Flotte im U-Tu System konnte die Übertragung mitverfolgen. Jeder sollte sehen und hören, was Toras-Atû zu sagen hatte. Alle waren gespannt, doch niemand konnte erahnen, dass dieser Tag das Schicksal des Volkes der Terekan für immer verändern würde. Niemand außer Nir-Ân und Saî-Na.

»Mitglieder der Hauptversammlung, Bürger von N´Bir«, begann Toras-Atû seine Rede. »Ich stehe hier vor euch nicht als das Oberhaupt unseres Volkes, sondern als euer aller A-Hu. Heute bin ich nicht mehr als ihr und nicht weniger. Heute sind wir alle gleich, denn wir haben alle nur knapp überlebt, denn beinahe wurden wir Opfer!« Er machte eine dramaturgische Pause.
»Opfer eines heimtückischen Angriffes des Volkes der Sinsh, denen wir uns vor etwas mehr als 65 Umläufen in Freundschaft offenbarten.«

»Damals wussten wir noch nicht, wie verschlagen die Sinsh sind und wir luden sie offen zu unserem Planeten ein.«

»Doch statt uns einen Besuch abzustatten, schickten sie uns einen Asteroiden, der unser gesamtes Volk vernichten sollte! Und das genau zum Dimmerfest. Das Fest an dem wir U-Tu verabschieden und uns in die Phase der Nacht begeben, sollte für unser Volk das Ende sein.«

»Doch dem kamen wir zuvor! Der Plan flog auf und dank mutiger Frauen und Männer, die hier heute unter uns weilen, konnte der Asteroid vernichtet werden!« Wieder machte er eine kurze Pause, um den Jubel der Anwesenden verklingen zu lassen. Dann hob er lächelnd die Hände und es wurde wieder still.

»Nun werden sich viele fragen, woher wir wissen, dass die Sinsh uns diesen Boten des Todes geschickt haben. Seht her!«, fuhr er fort und auf dem großen Schirm hinter ihm war ein Felsbrocken zu sehen, an den sich ein kleines Schiff wie ein Insekt klammerte. Es war das Sinsh-Schiff.

»Dies sind Aufnahmen, die von unseren tapferen Piloten der roten Staffel von Orbitalplattform 9 aufgezeichnet wurden. Das Objekt, das ihr nun alle seht, ist ein Aufklärungsschiff der Sinsh, das offenbar so verändert wurde, dass es mit dem Asteroiden verschmelzen und ihn so steuern konnte. Das Ziel war Sippar!«

Ein Raunen ging durch den Raum.

»Sie wollten unsere wundervolle Stadt auslöschen. Millionen von Terekan wäre dabei ums Leben gekommen und fast die gesamte Infrastruktur des Planeten zerstört worden. Nie wieder hätten wir uns von diesem Schlag erholt. Und dann hätten sie ihre Flotte geschickt, um unseren Planeten zu besetzten und um uns zu versklaven. Sie wollten, dass wir uns unterwerfen und auf Knien leben!«

Nir-Ân schüttelte den Kopf. »Ich muss mich korrigieren. Dies ist *schlimmer* als jede Theateraufführung. Es ist ein Alptraum!«, flüstere er.

Saî-Na nickte bestürzt.

»Doch dies, A-Hi und A-Ti, wird nicht geschehen!«, fuhr er laut fort. »Denn wir werden ihnen zuvorkommen! Wir werden ihnen eine Lektion erteilen, die sie nie wieder vergessen werden. Sie werden lernen, was es heißt, sich mit den Terekan anzulegen und was es bedeutet, den Zorn unseres tapferen Volkes heraufzubeschwören!«

Das Bild auf dem riesigen Schirm wechselte. Es zeigte ein kleines Schiff, das auf ein gewaltiges, ausgemustertes Schlachtschiff zuflog.

»Wir ihr alle wisst, hat uns der Große Schöpfer auserwählt, das Wissen einer alten und überaus weisen Zivilisation zu verwalten. Er hat uns dieses Wissen geschenkt, damit wir in der Lage sind, unsere Feinde auf Distanz zu halten und damit wir in Frieden mit der Galaxie leben können, so wie es schon immer unser Brauch war.«

»Doch nun wurde uns Krieg aufgezwungen und wir werden nicht weichen! Wir werden nicht schwach werden und wir werden uns *nicht* diktieren lassen, wie wir zu leben haben!«

Das Raumschiff wurde größer und Details wurden sichtbar.

»Dieses kleine Schiff«, fuhr Toras-Atû fort, »haben wir in den letzten Umläufen entwickelt, da wir die Gefahr durch die Sinsh vorausgeahnt haben. Es mag unscheinbar erscheinen, doch in ihm stecken die neusten Erkenntnisse, die wir vom Großen Schöpfer erhalten haben!«

Der Jäger flog eine enge Kurve an dem riesigen Schlachtschiff vorbei und aktivierte die schweren Plasmawerfer der neusten Generation.

Zahlreiche Explosionen waren auch dem Schlachtschiff zu sehen und es erlitt erheblichen Schaden.

Dann entfernte es sich wieder.

»Die Stärke seiner Plasmawerfer übertrifft die eines schweren Kampfkreuzers!«, erklärte er triumphierend.

Das Schiff kam wieder ins Bild, wendete und schoss einen Raumtorpedo auf das gewaltige Großkampfschiff ab. Kurze Zeit später erfolgte eine gigantische Explosion, und eine Sonne entstand dort, wo zuvor das Schiff im Raum gestanden hatte.

Ein großes Raunen ging durch die Anwesenden und alle hielten sich instinktiv die Hand vor die Augen, obwohl ihnen natürlich die Helligkeit der Explosion auf dem Schirm nichts anhaben konnte.

Dann ebbte das Gleißen ab und verschwand schließlich. Das riesige Schlachtschiff war ebenfalls verschwunden!
Nir-Ân und Saî-Na starrten erschüttert auf die Szene, die sich ihnen bot.
»Dies, hoch geschätzte A-Hi und A-Ti, war ein Raumtorpedo der vierten Generation. Ein Einziger genügt, um einen kleinen Mond zu verdampfen. Die Zeit der schweren Kampfschiffe ist vorbei. Diese kleinen Schiffe sind stärker als jeder unserer Raumzerstörer. Und sie sind sehr leicht zu ersetzen. Dies, meine A-Hi und A-Ti, ist die Zukunft!«
Großer Applaus hallte durch den Raum, vor allem von den Kommandeuren der Kampfflotte, die sichtlich beeindruckt waren. Auch Nir-Ân und Saî-Na klatschten Beifall, um nicht aufzufallen.
»Das ist der reine Wahnsinn!«, flüsterte Nir-Ân.
Saî-Na war fassungslos ob der drastischen Zurschaustellung destruktiver Macht.
Toras-Atû nickte lächelnd und sonnte sich ganz offen im Applaus der Anwesenden. Und jeder Terekan auf dem Planeten konnte den Jubel mitverfolgen.
»Wir haben bislang 120 dieser schweren Jäger gebaut und jeder davon kann viele solcher Torpedos tragen. Die Flotte der Sinsh mag groß erscheinen, doch sie wird dem Inferno, das wir gegen sie entfesseln werden, nicht standhalten können! Wir werden den Krieg zu *ihnen* tragen und wir werden sie lehren, was es bedeutet, das Volk der Terekan herauszufordern!

Jetzt ist der Augenblick gekommen, in der wir unserem Schicksal entgegengehen. Der Augenblick, den der Große Schöpfer für uns vorgesehen hat. Ich erkenne nun seine Pläne und ich erkenne, dass euch, meinem Volk, *uns*, eine große Zukunft bevorsteht. Eine Zukunft, in der niemand die Macht haben wird, uns jemals wieder herauszufordern! So spreche ich, Toras-Atû, Höchstes Licht der Terekan!«
Infernalischer Jubel entbrannte und zahlreiche „Tod den Sinsh"-Rufe waren zu hören. All dies wurde live in alle Städte des Planeten, alle Schiffe, Stationen und alle Außenbasen des U-Tu Systems übertragen.
Saî-Na lächelte gequält und künstlich, um nicht aufzufallen. Doch der Schock über das Gehörte und Gesehene saß tief! »Er ist eindeutig verrückt geworden, Digîr.«
Nir-Ân schüttelte ebenso gezwungen lächelnd den Kopf. »Oh nein. Er weiß ganz genau, was er tut. Er ist der schlimmste Feind, den die Terekan jemals hatten!«

Als der Jubel verebbte, hob das Höchste Licht die Hand. Die Menge verstummte. Toras-Atû lächelte. Er war beinahe am Ziel. Bald würde sich auch sein eigenes Schicksal erfüllen. Er hatte lange darauf warten müssen, doch nun war es bald so weit.
»Aber, A-Hi und A-Ti«, fuhr er fort.

»Wir sind heute auch hier um jene Männer und Frauen zu ehren, die unseren Planeten vor dem sicheren Untergang gerettet haben! Die Männer und Frauen der Staffel Rot Neun und die Männer und Frauen der Pak-Shân. Sie haben solange die Stellung gehalten, bis mein eigenes Schiff den Asteroiden vernichten konnte. Und sie haben das Sinsh-Schiff vernichtet, das den Todesboten direkt in unser Herz steuern sollte. Daher rufe ich nun jene auf, nach vorne zu treten um im Angesicht des Großen Schöpfers vom gesamten Volk geehrt werden.«
Die fünf Pilotinnen und Piloten der Kampfstaffel standen auf und gingen nach vorne. Ebenso die Brückenmannschaft des schweren Zerstörers Pak-Shân. Unter ihnen auch Nir-Ân und Saî-Na.
Toras-Atû schritt auf die in einer Reihe angetretenen Männer und Frauen zu und legte seine Stirn gegen die Stirn des ersten in der Reihe. »Ich grüße dich, A-Hu«, sagte Toras-Atû laut. »Und ich ehre dich im Namen des Großen Schöpfers für deine Taten, die nicht vergessen werden sollen!« Dann steckte er ihm eine goldene Nadel an die Uniform, deren Form einem Stern nachempfunden war. Es war der „Sternen-Orden“, der höchste, den man überhaupt erhalten konnte.
Auf diese Art und Weise ehrte er alle siebzehn Terekan, die hier angetreten waren und kam zuletzt zu Nir-Ân.
»Digîr Nir-Ân«, sagte er laut. »Ich grüße dich, A-Hu und ich ehre dich im Name des Großen Schöpfers für deine Taten, die nicht vergessen werden sollen!«

Auch ihm wurde der höchste Orden verliehen, wie auch Saî-Na vor ihm.
»Darüber hinaus, ernenne ich dich zum Digîr-Gal für deine Verdienste für die Flotte und den Orden. Der schwere Kampfkreuzer Baltû wurde erst kürzlich überholt und mit den neusten Waffen und Techniken ausgerüstet. Und er hat derzeit keinen Digîr. Ich würde mich freuen, wenn du das Kommando übernehmen würdest. Deine Brückenmannschaft darfst du behalten.«
Nir-Ân schluckte und verbeugte sich. »Du beschämst mich, Höchstes Licht. Es wäre mir eine große Ehre und ich nehme dein Angebot mit Demut an.«
Dann legte Toras-Atû seine Stirn wieder gegen die von Nir-Ân.
»Ich kenne dein kleines Geheimnis, Digîr-Gal«, flüsterte er. Nir-Ân erschrak zutiefst.
»Ich weiß, dass du es weißt. Doch das macht nichts. Solange du brav das tust, was ich dir sage und du mir nicht in die Quere kommst, werden wir keine Probleme miteinander bekommen. Ist das angekommen, Digîr-Gal?«
»Absolut, Höchstes Licht«, erwiderte Nir-Ân nur.
»Gut«, sagte Toras-Atû gedehnt und ging wieder einen Schritt zurück. »Dann wünsche ich nun allen ein frohes Dimmerfest. Mögen die Feierlichkeiten beginnen!«, fuhr er laut fort.
Die Geehrten verbeugten sich und gingen mit allen anderen Anwesenden Richtung Ausgang; die Zusammenkunft war beendet.

Nir-Ân hörte sein Herz rasen und er wusste nicht, was er sagen sollte.
Saî-Na sah ihn erstaunt von der Seite an. »Was ist mit dir. Was hat er dir gesagt?«
»Er weiß es«, erwiderte er bedrückt.
»Er weiß, dass wir wissen, was er vorhat?«, fragte Saî-Na erschrocken.
Nir-Ân nickte. »Ja.«
Saî-Na blieb stehen und sah ihn eindringlich an. »Aber was sollen wir nun tun? Er wird uns sicher nicht so davonkommen lassen!«
»Doch«, sagte Nir-Ân niedergeschlagen. »Solange wir ihm nicht in die Quere kommen, gedenkt er nichts gegen uns zu unternehmen.«
»Aber das werden wir dennoch, Digîr-Gal, nicht wahr? Wir *werden* ihm in die Quere kommen!«, entgegnete Saî-Na leise.
»Ja. Ich schwöre beim Großen Schöpfer, das werden wir!«, sagte Nir-Ân ernst und entschlossen.

Vergeltung

U-Tu System, Planet Jupiter. Sternenportal. Zwei Monate später.

Die kleine Flotte lag vor dem „großen Auge“ und wartete auf dessen Aktivierung. Neben der Shurpû lagen die Baltû und die Imani, zwei schwere Kampfkreuzer der neusten Generation.
Nir-Ân stand an dem gewaltigen Sichtfenster in Flugrichtung und betrachtete die Imani, das Schwesterschiff der Baltû. Beide Schiffe waren bis ins Detail identisch und gleich bewaffnet. Ihre leichten Plasmawerfer waren gegen die neuen Werfer ausgetauscht worden, mit denen auch die schweren Jäger bestückt waren. Somit hatte sich die Kampfkraft der beiden Schiffe auf einen Schlag um ein Vielfaches verstärkt. Auch ihre Torpedos waren gegen die neuen „Nova-Torpedos“ ausgetauscht worden. Die Jäger waren auf die drei Schiffe aufgeteilt worden, wobei die schweren Kreuzer jeweils dreißig trugen und das Flaggschiff die restlichen sechzig. Sie unterstanden allerdings nur der Shurpû und würden im Kampf nur deren Befehle befolgen, solange sie anwesend war.
Nir-Ân wusste jedoch, dass selbst diese beeindruckende Kampfkraft bei Weitem nicht ausreichen würde, die Flotte der Sinsh zu vernichten.

Daher vermutete er, dass sie zu einem Spezialeinsatz unterwegs waren. Wohin, das wusste wohl außer Toras-Atû niemand.
Dann war es soweit: Das Portal öffnete sich und das fadendurchzogene Dunkel des Subraumes wurde sichtbar. Doch irgendetwas war anders als beim letzten Mal. Das Gewirr des Portals hatte eine gänzlich andere Struktur. Verwirrte schaute Nir-Ân in das Nichts, das dahinter lag. Dann plötzlich schossen Bilder durch seinen Kopf. Schemenhaft und von Blitzen begleitet und in schneller Abwechslung. Er hielt sich stöhnend den Kopf.
»Digîr-Gal, was ist mit dir?«, fragte Saî-Na besorgt.
»Ich weiß es nicht«, erwiderte Nir-Ân und schüttelte den Kopf. »Etwas wird geschehen. Etwas Furchtbares. Ich konnte den Tod spüren. Millionenfach.«
»Bist du in der Lage, das Kommando weiter zu führen oder soll ich dich ablösen?«
»Nein, Saî-Na«, antwortete Nir-Ân. »Mir geht es gut.«
»Digîr-Gal an Taktik: Sind andere Schiffe in der Nähe?«
»Nein, Digîr-Gal«, kam es kurz darauf über Komm. »Nur die Shurpû, die Imani und wir. Das nächste Schiff ist ein alter Erzfrachter in der Umlaufbahn von Iti.«

»Danke, Digîr-Gal Ende.«
Nir-Ân machte ein ernstes Gesicht und ging näher zum Aussichtsfenster.

Das Portal war stabil, aber es wies wesentlich mehr Fäden auf, als beim letzten Mal, als sie ins Mi-Ku System geflogen waren. Saî-Na stellte sich neben ihn.
»Ich glaube, dass das Portal nicht nur in eine bestimmte Richtung geht. Siehst du den stark leuchtenden Faden, der aus der Mitte entspringt und in die Unendlichkeit läuft? Irgendwie hat Toras-Atû es geschafft, das Ziel zu verändern. Ich kann es fühlen. Ich glaube, dass der Orden weit mehr Kenntnisse über diese dunkle Welt besitzt, als er uns glauben macht.«
Saî-Na schaute ihn von der Seite an.
»Wir wissen bis heute nicht, was die Daten enthielten, die wir von diesem Planeten mitgebracht haben. Das Wenige, das wir erfahren haben, war sicher nicht alles. Toras-Atû macht mir ehrlich gesagt Angst. Wir wissen nicht, zu was er fähig ist. Er benutzt uns als Spielball für seine Pläne und wir haben nicht die Macht, dem zu entgehen.«
Nir-Ân kaute an seiner Unterlippe. »*Noch* nicht«, sagte er leise. »Aber ich spüre, dass der Tag kommen wird, an dem wir herausfinden werden, über welche Macht er gebietet.«
»Digîr-Gal«, kam es von hinten. »Die Imani hat ihren Antrieb aktiviert und fliegt auf das Portal zu. Sollen wir aufschließen?«
Da noch keine Befehle vom Flaggschiff ergangen waren, verneinte Nir-Ân. »Nein, wir warten noch.«
Als der schwere Kreuzer das Portal passiert hatte, wurde es sofort wieder deaktiviert.

»Wo wollen die alleine hin?«, fragte Saî-Na leise, als das riesige Schiff verschwunden war. Nir-Ân schüttelte nur den Kopf.
»Kanal zum Flaggschiff öffnen«, rief er nach hinten.

»Offen«, antwortete der Kommunikationsoffizier.
»Hier spricht die Baltû. Dürfte ich nachfragen, warum die Imani alleine aufgebrochen ist?«
Die Shurpû antwortete umgehend: »Die Imani ist in eigener Mission unterwegs. Eure ist nach wie vor der Schutz des Höchsten Lichtes. Weitere Befehle abwarten. Shurpû Ende.«
Nir-Ân schaute Saî-Na skeptisch an. »Daraus wird nichts Gutes entstehen, das spüre ich sehr deutlich!«
Nachdem der Portalgenerator neu aufgeladen war, wurde das „große Auge" erneut aktiviert.
Diesmal entstand jedoch die Struktur, die den Weg ins Mi-Ku System kennzeichnete.
»Achtung: Hier spricht die Shurpû. Flankenposition beziehen und durch das Portal folgen. Shurpû Ende.«
Langsam näherte sich die Baltû dem Flaggschiff und passte seine Geschwindigkeit an. Dann verschwanden beide Schiffe im Schlund des Wirbels und erschienen nur einen Herzschlag später wieder im Mi-Ku System. Vor ihnen lag die gesamte Flotte der Sinsh.

Sinis System, nahe dem Planeten Sinisa, Heimatwelt der Sinsh.

Ein Portal öffnete sich und die Imani sprang zurück in den Normalraum. Vor ihnen lag in weiter Ferne eine graublaue Kugel, die von einer gelben Sonne erleuchtet wurde. Es war der Planet Sinisa, die Heimatwelt der Sinsh.
»Status?«, fragte Lo-Sha, Kommandant des schweren Kreuzers.
»Alle Systeme arbeiten wie erwartet, alle Waffensysteme online«, erwiderte der erste Offizier.
Lo-Sha nickte. »Jäger starten.«
Auf seinen Befehl hin verließen die dreißig Kampfflieger das Schiff und steuerten den Planeten an. Ihr Ziel war die Orbitalverteidigung, die jedes Schiff abfangen würde, das dem Planeten zu nahe kam.
»Irgendwelche Schiffe in der Nähe?«, fragte der Digîr-Gal.
»Nein, Digîr-Gal, keine Schiffe in Scannerreichweite«, erwiderte der taktische Offizier.
Lo-Sha lächelte. »So wie es Toras-Atû vermutete. Der Mann ist ein Genie!«

Die Jäger waren mittlerweile in Reichweite der Orbitalgeschütze, die ohne Unterlass Raketen auf die kleinen Schiffe feuerten. Doch aufgrund ihrer Beweglichkeit und Geschwindigkeit, bestand für sie keine Gefahr.

Sie waren weit genug entfernt, um dem Beschuss auszuweichen oder die Raketen einfach abzuschießen.

»Hier Staffelführer Schwarz. Sind in Reichweite und erwarten Befehle.«
»Hier ist die Imani. Feuern, wenn bereit.«
»Verstanden Imani. Starten Angriff. Schwarz eins Ende.«
Die Jäger fächerten in Höchstgeschwindigkeit auf und griffen die Orbitalgeschütze an. Je ein Raumtorpedo wurde von jedem Schiff abgefeuert. Mehr war nicht nötig, um die gesamte Orbitalverteidigung der Sinsh zu vernichten. In dreißig gewaltigen Feuerbällen rund um den Planeten verglühten die Raketenplattformen und es sah aus, als würde ein Ring aus Feuer um die Heimatwelt der Sinsh entstehen, der nur langsam wieder an Kraft und Helligkeit verlor.
»Hier Staffelführer Schwarz. Alle Ziele vernichtet.«
»Verstanden, Schwarz eins«, erwiderte der Kommunikationsoffizier der Imani. »Sammeln und Verteidigungsposition beziehen. Wir schließen zu euch auf. Imani Ende.«
»Verstanden, Imani. Schwarz eins Ende.«
Der riesige Kreuzer beschleunigte und der Planet kam langsam näher.
»Oberfläche scannen«, befahl der Kommandant.
»Keine Hinweise auf irgendeine Zivilisation auszumachen«, kam kurze Zeit später als Antwort.

»So wie ich mir dachte. Toras-Atû hatte also Recht«, murmelte der Kommandant.
»Taktik!«, rief Lo-Sha und tippte einige Zahlengruppen in seine Konsole. »Diese Koordinaten anvisieren.«
»Sehr wohl, Digîr-Gal«, kam es über die Komm. Nach wenigen Herzschlägen hatte der Waffenoffizier das Ziel ausgewählt und für die Raumtorpedos markiert.
»Ziel ausgewählt, Digîr-Gal!«
Lo-Sha nickte. »Verstanden. Auf Feuerbefehl warten.«

Das Schiff schwenkte in einen Orbit um den Planeten ein. Es waren riesige Ozeane zu sehen, die unter einer mehr oder weniger dichten Wolkendecke immer wieder hervorblitzten. Hier und da gab es eine Landmasse, aber alles in allem schien dies eine Wasserwelt zu sein.
Lo-Sha betrachtete die taktische Anzeige auf dem Hauptschirm.
»Torpedowerfer eins: Feuer«, befahl er. Ein Raumtorpedo verließ das riesige Schiff und flog einen Punkt in der Umlaufbahn des Planeten an. Kurze Zeit später zeigte ein gleißender Feuerball, dass etwas getroffen wurde, wo zuvor nichts zu sehen war:
Ein kleiner Mond wurde sichtbar, von dem nun ein Stück fehlte und um den millionen Felstrümmer herum schwebten.
Schlagartig änderte sich die Oberfläche des Planeten.

Aus den Wolken und dem Wasser wurde eine Wüste, die sich scheinbar über den gesamten Planeten erstreckte.
Nur hier und da waren kleinere Gewässer zu sehen.
»Digîr-Gal, ich registriere eine große Anzahl von Städten und Siedlungen aller Art und Größe auf der Oberfläche«, meldete der Taktikoffizier.
»Und ich registriere eine Menge kleiner und großer Schiffe im Orbit des Planeten. Sie scheinen alle unbewaffnet zu sein.«
Lo-Sha nickte. »Verstanden. Die größte Stadt auswählen und Torpedo abfeuern, wenn bereit.«
Ein weiterer Torpedo verließ den schweren Kreuzer und nähere sich rasend schnell der riesigen Stadt auf der südlichen Hemisphäre.
Kurz darauf erschien ein gewaltiger Feuerball auf der Oberfläche und die Schockwelle der Explosion breitete sich über den gesamten Planeten aus.
Die Stadt und alles im Umkreis von einhundert Kilometern wurde vollständig vernichtet. Verdampft und weiter außen zu Glas geschmolzen.
»Bericht«, rief Lo-Sha.
»Die Stadt wurde vollständig zerstört, Digîr-Gal«, erwiderte der Taktikoffizier erschüttert.
»Feindaktivitäten?«
»Keine, Digîr-Gal.«

Lo-Sha nickte. »Alle verfügbaren Kanäle öffnen.«
»Offen«, rief die Kommunikationsoffizierin.

»Hier spricht Digîr-Gal Lo-Sha, vom terekanischen schweren Kreuzer Imani. Ich bin von meiner Regierung autorisiert worden, ihre Kapitulation entgegenzunehmen. Sollten Sie dieser nicht unmittelbar nachkommen, werden wir weitere fünf Städte vernichten. Wir erwarten ihre Antwort in dreißig Herzschlägen.«
Kurze Zeit später knackte es in den Lautsprechern und eine Meldung kam vom Planeten. Der Computer übersetzt automatisch: »Hier spricht der planetare Rat von Sinisa. Wir ergeben uns und erwarten eure Bedingungen.«

Erstaunt blickte Lo-Sha seinen ersten Offizier an. »Das war fast *zu* einfach.«

Mi-Ku System, nahe dem Ausgang des „großen Auges".

»Und wieder wurden wir erwartet. Wer hätte das gedacht«, sagte Nir-Ân sarkastisch.
»Was hat sich Toras-Atû denn vorgestellt? Dass er einfach so unbemerkt in das System einfliegen kann?«, erwiderte Saî-Na.
»Nein. Er *wollte*, dass die gesamte Flotte anwesend ist. Genau das war ja sein Plan«, sagte Nir-Ân ernst.
Die Baltû hatte den Befehl, nichts ohne direkte Anweisung zu unternehmen. Also wartete man ab.

Kurz darauf starteten die schweren Jäger von der Shurpû und nahmen Kurs auf die Flotte der Sinsh. Beinahe ungerührt schaute Nir-Ân dem Spektakel zu, denn er wusste nur zu gut, was nun kommen würde. Und er war bereit. Bereit, sofort den Rückzug anzutreten, wenn die Jäger vernichtet waren. Und das würde vermutlich sehr schnell gehen. Dies war eine offensichtliche Selbstmord-Mission, das musste jedem Jägerpiloten klar sein. Seine eigene Staffel hatte nach wie vor keine Befehle erhalten.

Als die Jäger fast das Führungsschiff der Sinsh erreicht hatten, erging der Befehl an die Baltû, ihre Jäger zu starten. Es wurde ihnen kein Ziel zugewiesen, sie schienen bereits instruiert zu sein.
Die Jäger der Shurpû verlangsamten und bezogen Stellung vor dem gewaltigen Führungsschiff der Sinsh.

Noch immer hatte die gegnerische Flotte nicht reagiert und keines der Schiffe bewegte sich oder machte Anstalten, anzugreifen.
Es schien, als würden sie auf etwas warten. Entweder waren sie durch nichts aus der Ruhe zu bringen, oder aber hier stimmte etwas nicht.

Die Jäger der Baltû bezogen Stellung etwas abseits der Sinsh-Flotte. Dann feuerten alle gleichzeitig ihre Torpedos ab. Ihr Ziel war identisch und lag in einem leeren Bereich mitten in der gewaltigen Flotte. Dort gab es jedoch offenbar kein gültiges Ziel und es schien, als liefen die Torpedos ins Leere.
Keines der Sinsh-Schiffe eröffnete das Feuer auf die Flugkörper und Saî-Na verfolgte das Schauspiel mit großem Staunen. »Was geschieht hier gerade, Digîr-Gal?«
»Ich habe nicht die geringste Ahnung«, antwortete Nir-Ân.

Kurze Zeit später erreichten die Torpedos ihr Ziel und explodierten beinahe gleichzeitig. Es sah aus, als würde mitten in der Sinsh-Flotte eine Supernova entstehen, doch keines der Schiffe schien Schaden zu nehmen.
Sprachlos verfolgte die gesamte Brückencrew der Baltû das Inferno. Dann wurde plötzlich ein Planet sichtbar. Genau dort, wo die Torpedos eingeschlagen und detoniert waren. Er war klein und seine Oberfläche bestand aus glutflüssigem Gestein.

Die Folge der gewaltigen Explosionen. Langsam bildeten sich Risse in der Kruste des Himmelskörpers und breiteten sich immer weiter aus.
Dann, wie in Zeitlupe, zerbrach der kleine Planet in zahlreiche Stücke. Gleichzeitig verschwand die gesamte Flotte der Sinsh schlagartig. Als hätte sie nie existiert.
»Was, beim großen Schöpfer, geht hier vor, Digîr-Gal?«, fragte Saî-Na bestürzt. Nir-Ân schüttelte ungläubig den Kopf.
»Taktik?«, rief der Kommandant nach hinten.
»Ich orte ein kleines Schiff in der Nähe des zerstörten Planeten«, erwiderte der Taktik-Offizier. »Es kommt mit sehr hoher Geschwindigkeit auf uns zu. Es ist auf Abfangkurs, Digîr-Gal. Auch unsere Jäger kehren zurück. Sie scheinen das kleine Schiff aufhalten zu wollen.«
»Auf den Schirm«, befahl Nir-Ân.
Auf dem Hauptschirm war das kleine Schiff zu sehen und hinter ihm alle Jäger der Baltû. Noch waren sie nicht in Schussweite, doch sie näherten sich schnell. Das Schiff hatte große Ähnlichkeit mit dem kleinen Sinsh-Kampfschiff, das Nir-Ân vernichtet hatte, als sie das letzte Mal hier waren. Doch es war weitaus schneller.
»Digîr-Gal. Die Abfangjäger der Shurpû haben ebenfalls Kurs auf uns genommen. Und sie haben ihre Torpedos auf *uns* gerichtet. Sie werden in Kürze in Schussweite sein«, rief der Taktik-Offizier.
»Kanal zur Shurpû öffnen«, erwiderte Nir-Ân.
»Offen!«

»Hier ist die Baltû. Warum haben uns eure Jäger als Ziel erfasst. Was geht hier vor?«
Als Antwort hörte er ein leises Lachen. Es war Toras-Atû. »Mein lieber Nir-Ân. Du glaubst doch wohl nicht, dass ich euer kleines Intrigenspiel mitspiele und euch einfach so davonkommen lasse. Du hattest beim Dimmerfest die Möglichkeit, mich zu töten. Vor den Augen aller Versammelten hättest du deine Stärke beweisen und zum Führer unseres Volkes werden können. Doch du hast dich entschieden, zu gehorchen. Wie ein braves, dressiertes Haustier.« Er lachte wieder. »Du hattest deine Chance. Ihr wart gute Marionetten und sehr nützlich. Doch nun ist es vorbei. Ihr werdet mit dem Reich eurer kleinen Freunde untergehen. Sterbt nun gut.«
Dann wurde die Verbindung getrennt.
»Digîr-Gal, sie haben das Feuer eröffnet!«, rief der Taktikoffizier.
Zwölf NOVA-Torpedos rasten nun auf den schweren Kampfkreuzer zu. Ein Einziger würde ausreichen, das Schiff komplett zu vernichten.
»Abwehrfeuer!«, befahl Nir-Ân ruhig.
»So ist es nun also entschieden«, murmelte der Kommandant und nur Saî-Na konnte ihn hören.
Die zahllosen Plasmawerfer der Baltû begannen mit ihrem mörderischen Trommelfeuer und ein Torpedo nach dem anderen wurde zerstört.
Die schweren Jäger der Shurpû drehten ab um nicht ins Sperrfeuer zu geraten. Das kleine, fremde Schiff hielt nach wie vor mit hoher Geschwindigkeit auf den Kreuzer zu, verfolgt von den terekanischen Jägern.

Dann plötzlich schwiegen die Waffen der Baltû.
Nir-Ân drehte sich zur Taktik um. »Warum haben wir aufgehört zu feuern?«, fragte er laut.
»Waffen sind ausgefallen, Digîr-Gal! Es gab offenbar eine Fehlfunktion in Energiekammer sieben. Wir haben elf Torpedos erwischt, aber einer hält nach wie vor auf uns zu!«
»Gegenmaßnahmen!«, befahl Nir-Ân.
»Ebenfalls ausgefallen, Digîr-Gal!«
Nir-Ân stand auf und schaute auf den Hauptschirm, wo der Torpedo mit hoher Geschwindigkeit auf ihr Schiff zusteuerte.
»Möge der Schöpfer uns gnädig sein«, flüstere er und schloss die Augen. Plötzlich spürte er, wie seine Hand ergriffen wurde.
Es war Saî-Na, die sich an seine Seite gestellt hatte.
»Es war eine Ehre, mit dir einen Teil meines Lebens zu verbringen, Nir-Ân. Ich liebe dich und habe dich immer geliebt, seit dem Vorfall auf Mi-Ku IV«, sagte sie leise.
Nir-Ân öffnete die Augen und lächelte. »Ich liebe dich auch, Licht meines Lebens«, erwiderte er und drückte fest ihre Hand.
Dann schlug der Torpedo ein.

Ende der ersten Folge.

Wie es weiter geht, erfahrt ihr in Folge 2 der Chronik :-)

Die Traumzeit Reihe

Bisher in der Reihe erschienen:

Die Traumzeit, Band 1
Die Wiege der Menschheit

Im Buchhandel und online erhältlich.
ISBN: 1730753973

Legende

Wörterbuch

A-Hu/A-Hi – (Terekan.) Bruder/Brüder
A-Tu/A-Ti – (Terekan.) Schwester/n
Anshar-Antrieb – interstellarer Antrieb der Terekan.
Bel-Gal – Terekan-Name für den fünften Planeten im U-Tu System (Jupiter)
Bel-Ek - Terekan-Name für den dritten Planeten im U-Tu System (Erde)
Bel-Mar – Terekan-Name für den vierten Planeten im U-Tu System (Mars)
Digîr – Kommandant
Digîr-Gal – entspricht dem Rang eines Admirals
Dimmerfest – traditionelles Fest der Terekan zur Sonnenwende des Planeten, die alle 116 Tage stattfindet.
Iti – Jupitermond Io.
Puhrum – Hauptversammlung des Shaptû-Ordens
U-Tu – Terekan-Name für die Sonne

Größen und Maße

B´ar: - Zeitangabe, ca. 1.6 Erdstunden
B´ir: - Zeitangabe, entspricht in etwa 2 Erdtage.
Be-Ren – in etwa vergleichbar mit Grad Kelvin.
Ku-Sin - Längenmaß, ca. 1.6m
Ku-Lan - Längenmaß, ca. 2.5km
Nu – ein terekanisches Jahr, rund 240 Erdtage.
Nu-Tu – Längenmaß, 1.75 Lichtjahre
Te-Rel – Feldstärke, etwa 0.1 Tesla

Personen

Lo-Sha – Admiral der terekanischen Raumflotte
Nir-Ân – Kommandant der terekanischen Raumflotte und Anführer des vierten Hauses der Terekan.
Pa-Shû – Agent des Shaptû-Ordens.
Saî-Na – Spezialagentin des Shaptû-Ordens. Später Navigatorin des Kampfkreuzers Baltû unter Nir-Ân.
Toras-Atû – Anführer und Höchstes Licht der Terekan.

Schiffe

Sin-Ta – schneller Aufklärer des Shaptû-Ordens
Pak-Shân – Raumzerstörer der terekanischen Flotte.
Shurpû – Schlachtschiff der Terekan. Flaggschiff des Hohen Lichtes.
Baltû – schwerer Kreuzer der Terekan.
Imani – schwerer Kreuzer der Terekan.

Rassen

Terekan – Heimatplanet N´Bir, System U-Tu
Sinsh – Heimatplanet Sinisa, System Sinis